老农唠叨

贾载明 著

上海文艺出版社
Shanghai Literature & Art Publishing House

图书在版编目（ＣＩＰ）数据

老农唠叨 / 贾载明著 . -- 上海：上海文艺出版社 ,2022
ISBN 978-7-5321-8528-3

Ⅰ . ①老… Ⅱ . ①贾… Ⅲ . ①诗集－中国－当代Ⅳ . ① I227

中国版本图书馆 CIP 数据核字 (2022) 第 199707 号

发 行 人：毕　胜
策 划 人：杨　婷
责任编辑：李　平　程方洁
封面设计：悟阅文化
图文制作：悟阅文化

书　　名：老农唠叨
作　　者：贾载明
出　　版：上海世纪出版集团　上海文艺出版社
地　　址：上海市闵行区号景路 159 弄 A 座 2 楼
发　　行：上海文艺出版社发行中心发行
　　　　　上海市闵行区号景路 159 弄 A 座 2 楼 206 室　201101　www.ewen.co
印　　刷：成都市兴雅致印务有限责任公司
开　　本：710×1000　1/16
印　　张：16
字　　数：287 千
印　　次：2023 年 1 月第 1 版　2023 年 1 月第 1 次印刷
ＩＳＢＮ：978-7-5321-8528-3
定　　价：89.00 元

告读者：如发现本书有质量问题请与印刷厂质量科联系　T：028-83181689

序一

"爱在深深的土壤"

——读贾载明诗集《老农唠叨》

张叹凤

这册《老农唠叨》诗集稿我先后阅读了三遍，此间我在川大课堂讲授一周三小时《诗经·国风》，我感觉如果把作者贾载明先生和我一同放回到距今三千年前后去，我们都会是"国风"当中的一名歌手。据后世《公羊传注》述往："男年六十女年五十无子者，官衣食之，使之民间求诗。乡移于邑，邑移于国，国以闻于天子。"所以我和贾先生，又都可能被"征召"，去记录民歌。倒不因为"无子"或其他，实在于兴趣，即使没有"官衣食之"，至少像我这样的人，"倒贴"也是情愿的。贾载明说："我写过大量口语式乡村新诗。艺术上自我忖度，这些乡村诗的质量高于自己写的其他诗。"（《写乡村诗的一点感想》）他自命或自况"老农"，所以依我的忖度，他是必然肯同我一起于"孟春之月……振木铎徇于路以采诗"（《汉书·食货志》），去干这活儿的。

这一点在他自我形容为"唠叨"的诗歌集中，已作了充分的抒发。他认为"诗人需有自己情感的倾注领地，深深发掘，让这口井汩汩冒出甘泉来……中国现代著名诗人苏金伞、二十世纪初俄罗斯著名诗人叶赛宁正是这样倾注乡村这片令人梦绕魂牵的土地的"（《写乡村诗的一点感想》）。这很对，事实上我国自古即为农业大国。费孝通先生早年即研究说："三条大河的流域已经全是农业区……从土里长出过光荣的历史，自然也会受到土的束缚，……侍候庄稼的老农也因之像是半身插入了土里，土气是因为不流动而发生的。"（《乡土中国》）贾载明具有浓郁地方气息的乡土抒情诗，其特点就像是被费先生提前就议论到了一样。安土重迁、耕读传家的农村社会生活，于今虽然被现代化的车轮和时风日渐带走，而"守望相助"，依旧还是或应该是我们乡土中国的灵魂。

雪提前下了

（1）

霜还没有来
雪提前下了
南下的寒流比箭还猛
一夜穿过了多少山川

风一阵紧似一阵
犬吠汪汪
在纷纷的雪花中
王老汉打工的儿媳今天回家

大黄狗陪王老汉
守望在屋旁竹林下
风把雪吹乱
火车该不会晚点吧

终于到了，到了
大黄狗一个箭步蹿上前
看到雪花中儿媳红扑扑的脸
王老汉的眼睛里闪着泪花

六天之后
王老汉的儿媳又走了
雪虽然融化
风却刺人脸颊
……

诗人不时以农村老汉的第一人称口吻叙事、抒情，我认为第一个鲜明的特点，即在表现了中国农村那种建立于人伦依存关系上的亲情的纯朴与善良。这十分原生态——

夕阳红红的

夕阳红红的
土地静静的
老汉我的胡须一飘一飘的

风儿停了
树儿没摇了
老汉我和鹅儿一摇一摇地回家了

老汉我走进大山的梦
鹅儿走进夕阳的梦
茅屋里的小河走进青竹林的梦

虽然儿子儿媳们是去沿海地区打工，不是去出征服徭役，但离家的日子同样是那么漫长，正如《诗经·东山》所云"慆慆不归"。诗人笔下如《君子于役》一般，写出了"日之夕矣，羊牛下来"的深切况味。而"珍惜"，也就成了"老农"每一个幸福日子的回味或"守望"。"羊儿快快长／庄稼快快长／山黄了又青／我老汉不该老"（《我像那些鸟儿》）；"把红酒煨得热乎乎／把腊肉煮得嫩鲜鲜／再放鞭炮啪啪啪／我老汉孤独的年不孤单"（《雪花纷乱打人脸》）；"热热的太阳在酿酒／桂花好像提前开了／望不到边际的浪卷过来的香气／醉得我老汉差点倒"（《稻子快熟了》）。

"公公和媳妇／默默地劳动着／配合得细雨和风／／老天为何不配合哟／累，憋住了公公的肺叶／汗，把媳妇的脸浸红"（《抗旱》）。长久分离，即便是田间辛苦劳作，也因为有儿子的代表（儿媳）的参与，"老汉"感觉到不再孤单，从而特别地温暖幸福。这是农村以外的人绝难体会到的山间旷野农民本真的感情。诗人如果不是设身处地，甚至是生长于乡村，那种苍茫的"乡愁"，绝难于简朴的话语里淋漓尽致地表达。所以哲学家海德格尔把诗歌形容为"心灵的还乡"，而辜鸿铭直指："中国文明的三大特征，正是深沉、博大和纯朴。"继而说："中国人具有同情的力量，因为他们完全过一种心灵的生活——一种情感的生活。"（《中国人的精神》）即便一介乡村老农，他的情感生活也细腻到了如汗珠儿一般晶莹别透、有盐有味。而在细腻之中，又必然地特别地体现着粗犷、坚强的作风：

训子

龟儿子
你是这片泥土生的
你是在这片泥土里拔节长大的
就像那玉米秆秆一样

后来你半截伸进城里去了
结出玉米棒子了
可是你看你那脚杆
还是跟玉米秆秆一个样

我不稀罕你那玉米棒子
变了质的东西
滂腥臭
莫坏了我干干净净的肠胃

天要打雷的
天要下雨的
你那上半截早该锯去
只可惜你那玉米秆秆的脚杆

另如《挨宰不流泪》《嗬，好大窝老鼠》等多首，呵斥詈骂讥刺，一如《诗经》"可以怨"！现实主义的作风，如《硕鼠》《相鼠》《伐檀》等，一以贯之。显然，诗人的创作也明显受到新诗如延安时代的群众文艺手法影响，如田间的街头诗《鞋子》《假使我们不去打仗》等作品，作风硬朗直白不加隐饰，另如李季、阮章竞等人的作品，也都能从诗人的作品中发现它们的影子。由此我们可见诗人贾载明的文化汲取与素养也是转益多师、古今交融的。在今天充斥着"无病呻吟"假现代与假先锋的矫造文字游戏间，贾载明的作品则有如骀荡的山风与野水，冲击之初不免让人有些惊讶，但惊讶之余是意会，是能感受到的另类率真追求与美感。

诗人对农民生活的体察入微，从川东到川西，从巴山到龙泉山，都烘托出浓郁的巴蜀气息。而人心厚道，始终是其诗中的主旨。甚至在写及特殊的婚外恋题材时，也有如下的奇特描写表达：

收工回家
王幺妹悄悄上前拉住小尔的妻
嫂子，我是喜欢小尔
只是毛风毛雨的事
小尔哥永远是你的
（小尔的妻子不说话）
看样子气消了许多

——《李小尔婚外恋续记》

"夫子之道，忠恕而已。"在彼此依存关系相当重要的乡村，千百年来，"仁者爱人"的作风，既是言传身教，也是滚滚血脉，与生俱来。诗人在诗集中，用了大量篇幅作品描写"村姑"，这无疑是青春的礼赞，是"人皆有之"的"爱美之心"。而村姑的形象自诗经《蒹葭》《静女》《绸缪》等以来，数千年来，深入人心，无疑是永恒的主题。诗人贾载明依然追求着这一归真返璞的简单的乡土审美，录其一首：

雪白

霜堆得很厚
萝卜在霜里生长
山妹子在霜和萝卜之间

拔出萝卜
山妹子一声笑
萝卜炸得霜花花

哟！霜花花的脸瓜子
霜花花的眼珠子
霜花花的雪影子

山妹子的心是萝卜
哪个男儿不想拔
山妹子一声笑
你满身都是霜花花

这就是现代的"国风",现代的《江有汜》(《诗经》中只有这一首可能采自我们巴蜀)。而《老农唠叨》以满怀的热情、执着的乡土依恋、近乎悲悯(有时是伤感)的情怀以及简单朴实的大欢喜,表达出我国诗歌的古风与今韵。还有力图以诗作证的"信史"的追求,例如作品中诗人自己家乡父母兄弟姐妹亲友等,以及有名有姓的关联人物,往往成为组诗,如"我老汉""李小尔""王瘪嘴""刘茂才"等,这都如《乡土中国》所指:"如果分出去的细胞能在荒地上开垦,另外繁殖成个村落,它和原来的乡村还是保持着血缘的联系。"这一血缘亲情关系,在诗人笔下就是不断涌出的泉源、灵感、活水。虽然一唱三叹、回环往复,却并不觉得单调乏味,相反,当"唠叨"成为一种日渐远去的亲情的跫音与笑颜乃至生态景物,"此情可待成追忆"时,你品读贾载明先生的这类"山歌好唱",则更能体会"子曰""绘事后素"以及时下名言"看得见山,望得见水,记得住乡愁"这类语词的分量。

"爱在深深的土壤",这是贾载明诗集《老农唠叨》中的一首诗题,也可总括我对他乡土诗歌的阅读感受。我想,其实"老农",即诗中叙事抒怀的"我老汉",是他,也是我,或许还有他们、他们。

2022年3月24日于四川大学南门太守居

(张叹凤,本名张放,四川大学教授,博士生导师,著名作家、评论家,出版有《中国新散文源流》《余光中诗评点》《家园的味道》等多种著作。曾获中国作协"庄重文文学奖"等多种奖项)

序二

读贾载明先生《老农唠叨》走笔

谭顺统

　　早些年，常听人说起贾载明君，知他是一位诗人，笔名叫老枫。也零星读过他一些诗作，感觉不错，印象也很深。真正近距离接触，却是近几年的事。也才知道他不仅擅诗，而且在散文、文学评论、文化研究等领域也颇有造诣，崇敬之情油然而生。最近，载明君发给我《老农唠叨》诗集草稿，用了好几天，慢慢品读，才对其人其诗有了更深层的了解。

　　载明君是一位戴过官帽的诗人，但他的诗作却毫无官味，更无官腔。许是早些年因工作接触农民较多的缘故吧，诗人熟悉农民，了解农民，知道农民的苦乐哀愁，所以农民在诗人的笔下成了常客，成了香客。就说《老农唠叨》吧，内容非常丰富，其中所咏之人之事之物，总是带着淡淡的泥土香和草叶香，出现在字里行间的，多是那些憨厚朴实的农民哥子和激情似火的山妹子。为农民而咏，为农民而歌，是时代的需要，也是《老农唠叨》的主题，为农民兄弟搭建的一个平台。在这平台上，我们能了解到农民的甘苦，听到农民的心声，欣赏到农民多姿多彩的生活，因在这平台上走动的都是农民。如《玉米林》一诗写到："玉米林，我来了……你像我老汉一样挂上了胡须／可我结不出玉米棒子／哦，你是在代我老汉怀孕生崽呀／是农技人员授的粉／一定很胖很胖"。语言幽默风趣，一个期待丰收、满怀喜悦的老农形象活脱脱的，非常可爱。《秋收之夜》写到："镰刀碰响了皓月／稻花拂着了星斗／碰得田野哗哗啦啦／碰得夜晚亮亮堂堂"，热闹而生动的农家秋收场面跃然纸上。这些诗句，不是苍白的说教，不是空泛的议论，而是形象的艺术再现，字里行间汩汩流淌的是对农民的情和爱，是对农家生产生活的由衷赞美。

　　纯洁而火辣的乡村爱情和温和朴实的亲情，诗集中也多有精彩的描写。《那个人儿你知道不》写到："桃子熟了／很红很鲜／压得枝头沉甸甸／／轻轻摘／慢慢采／母亲说：给那家子送一篮／／那个人儿你知道不／最红最鲜的那个不忙给你品／先收藏在心间"。描写生动、细腻，怀春妹子羞态可掬，读着这些诗句也跟着甜蜜。《李小尔婚外恋》及此篇的《续记》是两首叙事诗，诗人将三角恋与发展立体农业两条线交织描写，虽是婚外恋，诗人却把它写得很美，很自然，毫无低俗之感，这就是诗人构思和行笔的奇妙所在。《王幺妹的梦》所描写的乡村爱情，纯真朴实，却又不失现代浪漫的色彩，很值得品读。《听母亲说电话》《巴山枫叶》《巴山两峰巅》等，则蕴含着浓厚的亲情和乡情，也非常感人。

　　对乡村中丑恶、愚昧的鞭挞，在诗集中也多有展现。《嗬，好大窝老鼠》写到："一、二、三……／整整八个崽儿／它们的爹和娘呢／是逃跑了，还是正在作报告／／嗬，好大窝老鼠／像昨夜电视报的那些腐败分子／一窝又一窝呀／繁殖力多大多强呀"。这些描写，是现实的形象再现，是对腐恶的凌厉鞭笞，尤其是那问句，"它们的爹和娘呢／是逃跑了，还是正在作报告"太精彩了，读来忍俊不禁而又令人震撼。《一个惊奇而真实的故事》写俩老人痴迷于麻将而将两个三四岁的留守孩子囚于地窖，终被蛇缠致死，俩老人也因悲痛、恐惧、羞愧而相继逝去的事，惨绝人寰，令人扼腕。这是愚昧、落后所酿的苦酒，更是"麻风病"横行乡里所种的恶果。诗人哀其不幸，更怒其不争！愚昧落后，赌风盛行，留守儿童，这是衙门有司不可回避且亟待解决的问题，急需改变的现状。难怪诗人最后讥刺道："那条蛇莫非是／现代娱乐的化身／一天之内便夺去了两代四人的生命／大自然的眼镜蛇也比它逊色了。"这，难道不该引起社会广泛关注和"肉食者"们警醒吗？

　　山川形胜、花草风月，诗人在诗集中也有精彩描写，但诗人用情最深的莫过于百合花了。曾笑宋人林和靖痴梅，以至于要以梅花为妻，载明君对百合花的痴迷，似也有与之相恋之嫌了。对百合花之痴谁可与俦？诗人在《这山的芳魂》中吟到："这山的芳魂是你／山泉向山外宣言／山外的人／不能翻译山泉的声音／／你飘逸不到山外去／圣洁从来难风行／何况山外有山／还有山口拦路的阴云／／听听鸟儿的嗓子／含有你的色彩／拔根小草嗅嗅／有人裂弦碎琴"。读了这些文字，口齿生香。淡雅的百合花，圣洁得不敢摸，更不能嗅，否则，"有人裂弦碎琴"了。集子中吟百合花的诗篇还有很多，精彩纷呈，颇堪赏读。

　　关注现实，关注民生，为时代而歌，为民众而泣，表达民众的心声和愿望，正是唐代白乐天一直主张的"文章合为时而著，歌诗合为事而作"的创作理念在诗人笔下的具体体现。

长期的诗歌创作实践，使载明君自然地形成了朴实明快而不失蕴藉，通俗亲和而兼具雅致的风格，而口语入诗，则是载明诗歌的又一显著特色。古往今来，诗多追求典雅优美、蕴藉含蓄、清新流畅的风格，口语入诗，却是大多诗人不敢也不屑为的，但载明君却敢剑走偏锋，船行险滩，作了大胆的探索和尝试，并取得了良好的效果。《老农唠叨》一辑中的诗，即是这方面的佳作。初读，感觉少了雅致；慢品，却又不失兴味，因读来平易、亲切，诗句散发着泥土的芳香，有带丝丝粗豪的野性美。像《训子》《嗬，好大窝老鼠》等篇，诸多口语植入句中，地方风味忒浓，非常值得一观。应该说，这种探索，是比较冒险的，没有胆识、缺乏底气的人多不敢为之。载明君敢拔虎须，除自身功底深厚外，他更明白，通俗不是俗气，朴实才有受众，走出象牙之塔，到农村去，到市井去，到基层去，这种朴实明快、通俗亲和的诗歌定有生存的土壤和发展的空间。

载明君的诗，多用白描手法，简洁明快，不枝不蔓，诗句洗练清爽，同时还常巧妙地运用奇特的夸张、形象的比拟等修辞方法来拟人摹景，抒写情怀。本来夸张、比拟等是写诗惯用手法，不足为奇，这就看谁的活儿干得漂亮，玩得艺术。载明君在这方面可算得上行家了，如"一棵一棵的玉米树／英俊潇洒／成熟的丰满不逊于／这个少妇挺起的胸脯"，比拟、夸张综合运用，设喻新奇，诗句灵秀，壮硕玉米的形象如在目前，且诗味浓郁，颇耐品读。"镰刀碰响了皓月／稻花拂着了星斗"，比拟、夸张、通感综合运用，有声有形有色，诗句格外生动，且"碰""拂"两个动词用得巧妙，更增加了诗句的灵气。"稗子就是稗子／杂草好辨认／'杂痞'难区别／人和鬼的血液混在一起"，对比、烘托手法的运用，使诗句通俗而不失理趣，表达的意思更明白。《老农进城》写一老农看到城里人养狗，有这样几句诗：狗"在人群中来往穿梭／还有美妇人搂着哈巴狗亲嘴／老农心里很不是滋味／这么多狗进了天堂／这天堂就不是天堂了"。隐喻手法的运用，使后两句尤其出彩，非常蕴藉，言外之意就需读者去揣摩了。载明君的诗多尚白描，不在语言技巧上过度包装，但这类经适度点染而更显生动灵秀的诗句还真不少。

载明君的诗平易近人，和蔼可亲，没有艰涩和高傲，没有装腔作势，没有功利的趋附，有的只是个性和真情的留存，是脊梁的坚挺和心脉的跳动。比起时下那些干瘪得如同贴在墙上的标语，朦胧得连自己也不知所云，晦涩得连李白杜甫也读得直喘的所谓"诗歌"来，真得为载明君鼓鼓掌了。诗歌不能猥琐，不能伪善，不能媚俗，不能堕落，时代需要正直的诗人，需要有钙质的诗章，相信载明君今后还会创作出更多具有个性特征的精品力作，以回报社会，回报喜欢他诗作的读者。

（谭顺统，著名诗人。2012年中华诗词论坛建坛十周年庆典活动中被评为论坛"十大高产诗人"。出版有《洗诗明月湖》《云痕一抹》《秋韵》等多部诗集）

自序

论诗的自然美

　　说诗的自然美不是说诗的美完全可以和自然的美画等号，诗的自然美不完全等于自然，不是自然的机械的刻版；诗的自然美不是照镜子似的直接对自然的摹写，也不是指诗的意境、诗的画面、诗的立体感、形象感与自然相对应的景象酷似；诗的自然美也不完全是指诗的结构与自然相似（外在的东西），也不完全是指诗的灵魂、诗的精神（内在的东西）与自然相似。

　　如果是这样的话，诗就不是诗了，诗就不是人创造的而是自然创造的了；诗就不是人的精神而是"上帝"的精神了，诗就不是人的作品而是"上帝"的作品了，诗真是可以和自然画等号了。诗的自然美与诗人的创作和造物主的创作有某些联系。从表面看，诗人创作诗借鉴了造物主造物的方式，即自然的不加雕琢、不加修饰的创作方式，古人所谓"清水出芙蓉，天然去雕饰"。但从本质看却不是这样，因为造物主给我们看到的是事物的表象，也就是说，我们看到的是造物主造物的结果，并没有看到造物主造物的方法（方式）。事实上，我们看不到造物主造物的方式，也许根本就没有这种方式。即使有这种方式，对于诗人创作诗来说，也是"末"而不是"本"。

　　那么，诗的自然美到底是指的什么呢？诗的自然美的本质是什么呢？我以为，诗的自然美是诗人的生存精神、创作精神、创作方式和创作效果达到了虽然是人工的但却收到了天工（或造物主造物）的效果。造物主造物无拘无束地、自由自在地创造着，于是出现了自然之物和自然之美。这是造物主造物得到的效果。

　　试问：诗人，你的心灵自然吗？你的心灵自由吗？你的心灵张开翅膀飞翔，在探寻那颗诗的明珠的过程中是自然的吗？是自由的吗？你的怀中是否藏有造物主造物的法宝？如果你给自己的心灵戴上桎梏，那么，就达不到诗的自然；即使你没有给自己的心灵戴上桎梏，但如果你在探寻诗的明珠的过程中迈着畸形的步履，蹒跚而行，则仍然达不到诗的自然。

站在读者的角度看，评判诗的自然美只能从诗的画面或诗呈现出的形象来看，这个画面和形象是诗人追求的效果。没有自然的创作精神和自然的创作方式，就没有自然美的画面或形象出现。因此可以说，诗歌的自然来源于诗人的心灵。读者虽然看不到诗人自然的创作精神和创作方式，但从诗的画面或形象能感觉到诗人创作的心态和创作的方式。

从根本或总的看，自然界存在的状态是有规则的，但从表象或局部看，自然界的存在状态又似乎是没有规则的，如犬牙交错的山、参差不齐的花草等。自然界的局部表象不论是有规则也好，没有规则的也好；不论是对偶均衡、整齐划一，还是犬牙交错、参差不齐，都是造物主创造出的"自然"。从审美的角度看，也可以说，对偶均衡、整齐划一的自然景观是美的，犬牙交错、参差不齐的自然景观也是美的。不论哪种景观，都是自然的。

诗歌的自然美根本上由诗人的生存状态决定，生存状态决定生存精神，生存精神决定创作精神，创作精神决定创作方式的自然与不自然。如果诗人的生存状态不顺应自然，甚至和自然相悖，那么，他的生存精神和创作精神也必然不自然，他创作的诗也肯定不属于自然美的范围。生存状态取决于社会环境，但生存的精神却取决于诗人自身的心灵；社会环境不给你心灵以自由，但你的心灵可以游离社会环境之外，给心灵插上翅膀，让心灵在冥冥之空遨游。在实际生活中，有的诗人的生存精神冲出了生存状态的桎梏，有的诗人的生存精神则没有冲出生存状态的桎梏。

在我国诗歌史上，李白和杜甫，一个"诗仙"，一个"诗圣"，一个代表了心灵的自由，一个代表了心灵的非自由。李白的主观精神冲出了生存状态，一缕清风，作神仙之游，而杜甫则在那里"艰难苦恨繁霜鬓，潦倒新停浊酒杯"，杜甫的一生背上了沉重的精神枷锁，生存精神始终没有冲出生存状态的桎梏。从史家的角度看，杜甫的诗比李白更具有历史意义，然而从艺术的角度看，李白诗歌的艺术却是中国诗歌艺术顶峰之上的明珠。

心灵的自然属于创作精神阶段，飞翔的过程属于创作方式阶段。从读者的感觉看，诗的自然美是诗的色彩、节奏、旋律、词句，是表象的、画面的东西，它是诗人表现的特定的精神（情绪、思想观念）的外化。诗人表现的特定精神与诗人的创作精神并不等同，创作精神是抽象的，诗人表现的特定的精神是具体的；创作精神既决定着诗人的创作方式，又决定着诗人表现的特定的精神。特定的精神是指诗人主观意旨的要表现的那种精神。人的精神是极其复杂的，诗人在一首诗里表现的精神是非常有限的（除长诗之外），诗人要在一首诗里表现的精神应该是有特别指向的，故可称之为特定精神。特定精神属诗的里层的、本质的东西。读者欣赏一首诗，总是从一首诗的表象或画面深入里层和本质。创作的过程是：

诗人特定的精神——表象或画面；读者欣赏的过程是：表象或画面——诗人特定的精神。诗人创作的过程和读者欣赏的过程恰恰是彼此相对而行。读者只是看到了诗的表面的自然，而没有看到（或注意到）诗的里层的自然，或者说，只看到了诗的自然的表象。虽然读者只看到了表象的自然，但读者通过想象，在肯定表象自然的同时，也肯定了诗人心灵的自然和创作过程的自然。

在人们的审美活动中，不仅欣赏诗的自然美时是这样，甚至对所有的艺术欣赏都是这样。人们为什么会有这样的审美观呢？穷极物理，是因为人是大自然的一分子，人的血肉之躯是大自然的，人的肢体和器官是大自然的，人的心灵当然也是大自然的。诗是诗人心灵的袒露，诗人的心灵本应是自然的心灵，诗人的心灵发出的声音应是天籁。诗人心灵的搏动本应是自然的搏动，是自然的声音，是自然的色调。诗是诗人心灵投影的折射。诗人的心灵犹如太阳，阳光犹如心灵焕发的精神，诗便是月光。当然，读者看到的不是真正的自然之物，因为它不仅仅是语言构造的形象，更重要的是，人的心灵传达出的声音和色调不是自然之物，而是社会之情，也即是说，诗人要向读者传达的不是自然精神，而是社会精神。读者从诗里看到的自然之物如花、草、虫、鱼、鸟、兽，那只不过是诗人寄托社会精神的物质实体。所以，读者看到的诗，似自然又非自然，"似自然"的那部分形象属于诗人的心灵自然搏动的投影，"非自然"的那一部分属于社会生活作用于诗人的心灵的投影。那些"纯粹"的山水诗人，尽管他们的诗自然风光味很浓，但在美丽如画的山水中却寄寓着诗人的某种向往、某种追求。试以王维的《山居秋暝》为例：

> 空山新雨后，
> 天气晚来秋。
> 明月松间照，
> 清泉石上流。
> 竹喧归浣女，
> 莲动下渔舟。
> 随意春芳歇，
> 王孙自可留。

这里，秋天、新雨、青松、明月、清泉等自然风光，进不进入诗人的视野，诗人对不对这些自然风光感兴趣，完全是由诗人的情感决定的。眼前有佳肴，但没有口味，佳肴也不再美味；自然风光虽好，没有游兴，好风光也令人生愁。"王孙自可留"一句道出了诗人的隐逸精神。也就是说，王维如果没有隐逸精神，他的诗里就不会出现新雨、青松、明月、清泉等自然之物，是诗人的主观精神决定了山水，而不是山水决定了诗人的主观精神。当然这是指在诗里。从根本上说，社会生活虽然决定着诗人的情怀，但是，社会生活浩如烟海，诗人只能取"一瓢饮"。但取哪里的水饮，这就是诗人的事情了，这就是诗人自由的空间了。如果将诗人这个自由的空间控制，肯定就没有自由和自然的诗了。将情怀寄于山水之间，这是王维保持、固守心灵自然的一种方式。他没有李白的洒脱、豪气，只有归向平静、隐逸；李白是在向现实进击的过程中保持和固守着自己心灵的自由，王维是在向现实退让的过程中保持和固守着自己心灵的自由，相比之下，李白的精神更加可敬可佩。

人们欣赏自然的美，是因为人的心灵本身属于自然，但这仅仅只是一方面，应该指出的另一方面是："造物主"决定了人的心灵对自然的返归、依从、趋附、崇拜、敬仰。一般情况下，这种返归、依从、趋附、崇拜、敬仰是无意识的，无知无觉的。可以肯定地认为，这是铁定的物理，亦即事物存在和发展的本质应该这样。自然的"产儿"如果不返归、依从、趋附、崇敬、敬仰自然这个"母亲"，不是等于叛离母亲，自断其乳，自绝生存之道吗？但是，靠不自觉的意识热爱自然，来表示人对自然的返归、依从、趋附、崇拜、敬仰是远远不够的，是远远对不起自然对人的恩赐的，因此人类应该主动地、自觉地关爱自然，拥抱自然。自然与人的关系是"天人合一"，自然是主动的；人与自然的关系是"人天合一"，人是主动的。前者是自然对人的恩赐，后者是人对自然的反哺。自然诞生了人，人应反哺自然，人应融合于自然之中。这样讲，是不是人就是纯粹的自然人了呢？不是，如果人主动地关爱、拥抱自然，回报自然，恰恰体现了人的社会精神和人文特征。

看来，自然美是与生命联系着的。诗是诗人把自己生命存在的真实状态，心灵颤动的真实特征，以及灵魂深处精神运动的信息传达给读者。有着自然美的诗是生的象征，因为生命的存在形式就是自然。一种物体的存在形式失去自然之后，这个物体离死亡而转变为另一种物体的时间也为期不远了。所以，自然美的诗歌不自觉或自觉地张扬了生命，顺从了生命。从诗人真情实感的诗里可以看到诗人的心灵存在的情景，是平静怡悦的，还是躁动焦虑的；是昂奋向上的，还是抑郁向内的；是大喜大乐的，还是大悲大恐的；是悲喜交织的，还是爱恨叠集的。

自然美的诗歌的表象有一些基本特征，首先，它的语言是朴素的、一般的，即是人们生活中非常一般、非常普通的语言，几乎就是口语。例如："碧玉妆成一树高，万条垂下绿丝绦。不知细叶谁裁出？二月春风似剪刀。"这首唐诗的语言是很"口语化"的，但它构成的画面却非常美丽，非常动人。可见，诗歌的美丽不在单个的字词和单个的句，而在单个的字词和单个的句之间自然地巧妙地结合，构成一幅有机的整体的画面。其次，自然美的诗歌要遵守语言和事理基本逻辑。即使"弄险"以求新，打破常规，也不要跑得太远，不要满篇都是生造的词连成的句。比喻、夸张应有根有源，无根无源的夸张最令人费解。违反语言逻辑和事理逻辑的诗，给读者领会诗的含意、诗的精神造成很大的障碍，读者被那些生涩的东西搅得头昏脑涨，哪还有机会、哪有兴趣深入到诗歌的本质。在大量字词上过分求新和在事理的叙述上过分追僻是舍本逐末的创作方法。即使你的心灵是自然自由的，如果在表现的语言和事理不畅，读者也会说，你的诗歌没有自然之美。第三，自然美的诗歌的画面往往是清晰的。这个清晰，不仅仅包括明丽、流畅，也包括阴晦、暗淡。那里有一片阳光，这幅画面是清晰的；那里有一片乌云，这幅画面也是清晰的。如果画面出现多种不同的复杂的色彩，当这幅画面和人们日常生活看到的画面相去甚远的时候，人们就会感到极其生疏和别扭。生疏和别扭的感觉当然是不自然的了。

这里还要特别谈一个问题，即心灵的非自然和语言自然的矛盾的统一。我们发现，有许多诗人，他们的心灵是不自然的，但他们诗歌的语言和表述的事理是很自然的。他们能用普通人所掌握的语言自然地叙说自己心灵深处的忧伤。真正的好诗人往往都能做到这一点。我们看看南唐李煜的两首词：

虞美人

春花秋月何时了，往事知多少？小楼昨夜又东风，故国不堪回首月明中！　　雕栏玉砌应犹在，只是朱颜改。问君能有几多愁？恰似一江春水向东流。

浪淘沙

帘外雨潺潺，春意阑珊。罗衾不耐五更寒。梦里不知身是客，一晌贪欢。　　独自莫凭栏！无限江山，别时容易见时难。流水落花春去也，天上人间。

李煜是不是用的人们常见的语言写出了人们不常见的诗词呢？我以为是的。这两首词表达了一个"阶下囚"的极不自然的心灵，实现了心灵非自然和语言自然的统一。但是，这种表面的自然并不能掩隐心灵的非自然。虽然这样的诗词是很美的，但我们也只能说他的词具有表面的自然美，而没有本质意义上的自然美。

诗人的心灵如果不与社会环境契合，诗人的心灵如果受到沉重的压抑，原本自然的心灵就会变为非自然的心灵。看吧，这颗心灵在痛苦、忧伤、愤懑、叹息中挣扎，我们能说，这颗心灵的跳跃是自然的吗？"诗圣"杜甫的诗歌的主要风格沉郁顿挫，失却自然之风，这与杜甫的心灵受到压抑和扭曲不无关系。非自然的心灵颤动的轨迹不仅腻滞，而且还容易使一首诗呈现畸形的特征。笔者较认真研读了杜甫的七律诗，有的诗令人叫绝，从某些句式看，可排入最好的唐诗之列，但由于心之伤痛，造成前后气韵不连贯，这有时也使一首诗失去了均衡美和整体美。且看他的《登高》：

风急天高猿啸哀，
渚清沙白鸟飞回。
无边落木萧萧下，
不尽长江滚滚来。
万里悲秋常作客，
百年多病独登台。
艰难苦恨繁霜鬓，
潦倒新停浊酒杯。

此诗前面四句展示的气象十分开阔，雄浑有力；五、六句"气韵"突变低沉，最末两句"气韵"一落千丈，也无余味。正因为这首诗呈现畸形之美，所以笔者在选编唐诗最好的七律诗时，没有将此诗拿入最好的一类。杜甫《秋兴八首》中的第一首，虽然不及《登高》有气势，但全诗结构较自然。试看：

玉露凋伤枫树林，
巫山巫峡气萧森。
江间波浪兼天涌，
塞上风云接地阴。
丛菊两开他日泪，
孤舟一系故园心。
寒衣处处催刀尺，
白帝城高急暮砧。

唐人许浑的《咸阳城东楼》笔者以为是表现得自然且词句、意境皆优的上品七律诗：

一上高楼万里愁，
蒹葭杨柳似汀洲。
溪云初起日沉阁，
山雨欲来风满楼。
鸟下绿芜秦苑夕，
蝉鸣黄叶汉宫秋。
行人莫问当年事，
故国东来渭水流。

美的层面是丰富多彩的。笔者这里只拿悲哀美和自然美作一比较。从美感的角度看，具有悲哀美的诗对读者的刺激比自然美对读者的刺激要快，要集中和强烈，有时甚至会震撼读者的心灵，使读者产生恐怖、伤痛、忧愤、愁苦、哀怨、叹息等一系列和诗人同性同质的强烈共鸣。也即是说，悲哀美的美感特征是读者产生强烈的共鸣，唤起读者对诗人的同情和感叹；而自然美的美感特征是，读者不一定产生强烈的共鸣，是一种舒畅之感和韵味之感，美感作用的幅度大，空间大，时间长，它会使读者产生无穷无尽的联想、遐想和想象。读者会在原诗的基础之上，进行第二次创造。徐志摩的《再别康桥》就是一首具有典型意义的自然美的诗。诗人心灵的自然自由与诗歌文本的表现形式达到了完美的统一。从"轻轻的我走了／正如我轻轻的来／我轻轻的招手／作别西天的云彩"这些诗句里，我们看到了诗人情绪的轻松、怡悦；从轻松怡悦的情绪里，我们看到了诗人自然自由的心灵。尽管诗人有淡淡的别离的愁绪和眷恋，但这淡淡的愁绪和眷恋已被融化在轻快的情调之中。《再别康桥》也许对读者没有较强的震撼力，但它的韵味却着附在读者的心头，绵绵不断，久久不去。"我挥一挥衣袖／不带走一片云彩"。随着诗人的情调羽化，顿生登仙之感。《再别康桥》传达的情绪是独特的，表现的情调更是独特的，在此之前的新诗没有这样成功的情调，在此之后的新诗也尚没有这成功的情调（一种将淡淡的愁绪融化在轻快怡悦之中的情调），这就是一颗心灵自在自然地跳跃产生的魅力。

从哲学的层面看，自然美象征着"生"（包括生存，下同），悲哀美象征着"死"。就生命的整个历程而言，自然美和悲哀美几乎难分高下，任何事物都有生有死，生是伟大的，死也是伟大的；生是美丽的，死也是美丽的。但生应自然自由而生，死应该自然自由而死。而往往是，悲哀诗人的悲剧的生存状态是不自然和不自由的（原因有社会和个人两方面）。所以，从生命和生存的基点出发，我们看到了悲哀美是扭曲的美，是变态的美。从某种程度上说，崇尚这种美等于崇尚非自然的衰萎和死亡，在哲学意义上，这种美对"生"是不利的，它不能作为最高层次的美，最高层次的美要由悲哀美让位于自然美。当代著名诗人海子后期的心灵是极度悲哀的，他以诗的形式传达出这种悲哀，他以悲哀的形式过早地结束了自己的一生。我读海子的诗，愈读愈感到恐怖，最后竟不敢再看海子的诗。俄国著名诗人叶赛宁和海子的诗有相似之处，他俩都在诗人的黄金岁月里离开了缪斯之神。请看，海子是这样表现他的几乎悲哀得崩裂的心灵的：

哭泣

哭泣——一朵乌黑的火焰
我要把你接进我的屋子
屋顶上有两位天使拥抱在一起
哭泣——我是湖面上最后一只天鹅

黑色的天鹅像我黑色的头发在湖水中燃烧
用你这黑色肉体的谷仓带走我
哭泣——一朵乌黑的新娘
我要把你放在我的床上
我的泪水中有对自己的哀伤

（《海子诗全编》165页）

再请看叶赛宁是怎样表现他悲伤的心灵的：

你呀，我光秃秃的枫树⋯⋯

你呀，我光秃的枫树，结了冰的枫树
为什么弯着腰站在白茫茫的风雪中？
你见到了什么？还是听到了什么？
仿佛你是出门到村外去漫步。
你上了路，像个醉醺醺的更夫，
陷进了雪堆，冻坏了腿。
唉，我自己现在也有些支持不住了，
怕走不到家去参加朋友的酒筵。
那儿我碰见过柳树，也和松树打过招呼，
在暴风雪里我给他们唱过夏天的歌。
我觉得自己也变做了这样的枫树，
不是光秃秃，而是绿叶满枝。
啊，我丧失了纯朴，呆如一段木头，
像搂着别人的妻子，我紧紧搂抱着白桦树。

（《叶赛宁抒情诗选》上海译文出版社，1981年）

一种哀伤的文化精神附着于海子和叶赛宁的灵魂，一种哀伤的文化精神导致了海子和叶赛宁的死亡。殊不知：自然之"生"易，自然之"死"难！特别是许多无辜者，在不该死的时候死了，故非自然之死易！由此权定："生"难而"死"易！所以诗歌应颂"生"！颂"生"就是颂自然和自由，颂"生"就是顺应自然和自由。黑格尔认为："真正的诗的效果应该是不着意的，自然流露的，一种着意安排的艺术就会损害真正的诗的效果。"（《美学》，第三卷，下册，黑格尔著，朱光潜译，商务印书馆，1982年版，67页）这位哲人的话难道不重要吗？

目录

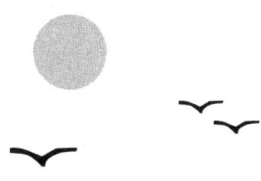

老农唠叨

雪提前下了

（1）

霜还没有来
雪提前下了
南下的寒流比箭还猛
一夜穿过了多少山川

风一阵紧似一阵
犬吠汪汪
在纷纷的雪花中
王老汉打工的儿媳今天回家

大黄狗陪王老汉
守望在屋旁竹林下
风把雪吹乱
火车该不会晚点吧

终于到了，到了

大黄狗一个箭步蹿上前
看到雪花中儿媳红扑扑的脸
王老汉的眼睛里闪着泪花

六天之后
王老汉的儿媳又走了
雪虽然融化
风却刺人脸颊

（2）

星星眨着眼
月亮不说话
王老汉坐在屋檐下
想着儿媳又离家

黄狗伴身旁
老伴焖南瓜
蟋蟀叫个不停
竹枝默默垂下

一个在天南
一个在地北
掰掰指头
村里有五对年轻人离婚了

老伴催吃南瓜饭
电视里播某个外国总统访华
露水悄然落下

老农唠叨
LAO NONG
LAO DAO

王老汉坐在那里像菩萨

那天和大黄狗一起送儿媳
分别在黄桷树下
回头看
遍地金黄山菊花

（3）

天空闲时
云慢慢地飘
地空闲时
人慢慢地想

人聚在一起才叫家
好在儿子和儿媳在一个厂
问声儿媳儿咋样
儿媳答像牛犊一样健壮

王老汉笑呵呵
心里爽得透亮
几天乐融融
喝酒喊再添二两

有人开王老汉儿媳的玩笑
叫她给公公拿烟棒
大家一起笑
阴天霎时见了太阳

云慢慢地飘
人慢慢地想
这时的王老汉
好像上了天堂

（写于2010年10月）

老农唠叨
LAO NONG
LAO DAO

乡村风雪景色

把柴火烧旺

儿子打工去了
媳妇也打工去了
要不是有个孙子
这日子就清冷了

张家的女儿走了
李家的女儿也走了
要不是有闹喳喳的鸟儿
这村子就阴森了

把煮饭的柴火烧旺
再猛地来一句山歌
村子的白天
要留得住太阳

（写于2004年8月8日）

老农唠叨
LAO NONG
LAO DAO

夕阳红红的

夕阳红红的
土地静静的
老汉我的胡须一飘一飘的

风儿停了
树儿没摇了
老汉我和鹅儿一摇一摇地回家了

老汉我走进大山的梦
鹅儿走进夕阳的梦
茅屋里的小河走进青竹林的梦

（写于2006年2月）

风儿你吹啥

风儿你吹啥
草儿你摇啥
原来青竹林里呀
有支歌儿开了花

鸟儿你叫啥
狗儿你疯啥
原来青竹林里呀
那个人儿出来了

好多的山尖尖
好多的白云哟
张家那姑娘哟
十里八里一枝花

溪水般明澈的人儿哟
莫离青竹林这个家
山外那些地方是繁华呀
可有闪着绿光的眼睛令人怕

（写于2004年7月3日）

老农唠叨
LAO NONG
LAO DAO

我像那些鸟儿

想飞就飞
想停就停
想到那山就到那山
想到这山就到这山

各种费免交了
特产税也免了
再过五年
农业税也不交了

羊儿快快长
庄稼快快长
山黄了又青
我老汉不该老

（写于2001年2月）

李小尔这娃儿

太阳好亮呢
白花花的云
闪闪跳跳的鸟儿

李小尔这娃儿
撞击着我老汉的心
小子成了新农神了
将我老汉压下去了

那小子魔法大呢
一分田在他手上翻来翻去
翻去翻来
叠在一起
硬是像我孙儿玩的那个魔方呢

平平的田隆了起来
要高出我老汉的田块一大截

那里面开着花儿
挂着瓜儿
蹦着鱼儿

老农唠叨
LAO NONG
LAO DAO

太阳的幺儿
月亮的幺儿
齐聚在里面——
　　扭住一起打滚儿

噫，那群金鸟儿是从魔方里扑腾出的
这个李小尔
搅得我老汉睡不着觉儿

（写于2010年12月）

玉米林

玉米林，我来了
大黄狗跟来了
风儿也跟来了
你平时跟老天一样
沉沉地，静静地

嗯，你的叶儿笑起来了
你的叶儿一飘一飘的
你的叶儿一摇一摇的
是不是看到我和大黄狗来了
是不是看到我和风儿来了

雷太凶了你不言语
雨太厉了你不言语
太阳太烈了你不言语
你对我老汉这样的人亲昵呢

你像我老汉一样挂上了胡须
可我结不出玉米棒子
　　哦，你是在代我老汉怀孕生崽呀
是农技人员授的粉

一定很胖很胖

太阳下山一会儿了
太阳要在玉米林里过夜了
留下风儿
大黄狗，我们该回家了

我老汉的胡须一飘一飘的
大黄狗的尾巴一摇一摇的
像那玉米叶儿一样

（写于2010年12月）

麦苗儿愁愁

雪花儿白白
麦苗儿绿绿
菜花儿亮哗哗
老汉我苦巴巴

麦苗儿亲亲
让我老汉这把胡须绿茵茵
麦苗儿笑笑吧
政府又给你补钱啦

老汉我愁愁
云朵儿忧忧
麦苗儿叭叭地长
长不过发疯的物价

化肥压着头顶了
麦苗儿还是在地下
富人们蹿到天上去了
老汉我只得仰头看他

老农唠叨
LAO NONG
LAO DAO

世界在复杂中倾轧
人心在倾轧中钙化
麦苗儿在北风中颤抖
我老汉真有些害怕

（写于2010年12月）

嗬，好大窝老鼠

嗬，好大窝老鼠
格咋的我的锄头
格咋的我昨夜做的啥子梦
一大早掏出这些家伙

一、二、三……
整整八个崽儿
它们的爹和娘呢
是逃跑了，还是正在作报告

嗬，好大窝老鼠
像昨夜电视报的那些腐败分子
一窝又一窝呀
繁殖力多大多强呀

可恶的老鼠
吃我粮食的老鼠
我不会给你判死缓的
叫你在我的锄头下化为粪土

LAO NONG
LAO DAO
老农唠叨

（写于2011年3月）

雪花纷乱打人脸

年年岁岁
岁岁年年
今年春节来得早
四九天里过大年

道路愈修愈宽
高速快如箭
去去来来的人有30亿
怎么也运不完

有个农民兄弟赶不上车
跳楼把命了断
儿子和儿媳呀
你们千万不要把傻犯

买不上票就别往家赶
北风如刀路途险
为了团圆忘安全
最怕出大难

雪花太纷乱

阵阵打人脸

遥望打工路

天寒人更寒

把红酒煨得热乎乎

把腊肉煮得嫩鲜鲜

再放鞭炮啪啪啪

我老汉孤独的年不孤单

（写于2012年初"四九天"）

训子

龟儿子
你是这片泥土生的
你是在这片泥土里拔节长大的
就像那玉米秆秆一样

后来你半截伸进城里去了
结出玉米棒子了
可是你看你那脚杆
还是跟玉米秆秆一个样

我不稀罕你那玉米棒子
变了质的东西
滂腥臭
莫坏了我干干净净的肠胃

天要打雷的
天要下雨的
你那上半截早该锯去
只可惜你那玉米秆秆的脚杆

（写于2006年4月）

挨宰不流泪

他娃儿作孽

硬是没有讨到好死

王瘪嘴喊

老汉，你神诳啥子

拐杖也跟着舞了起来

给你来支山歌

红红绿绿一只鸡

一枪打了飞进山里

不知是你的还是我的

王瘪嘴，你昨夜看电视没有

那地头蛇儿吃了花生米⁽¹⁾

现在这方清净多了

多少人遭过他的殃啊

只是有点蹊跷

牛挨宰时还流泪

那娃儿头昂着

眼睛轮一轮地

没当着一回事

老农
唠叨
LAO NONG
LAO DAO

王瘪嘴，你说怪不

注：（1）花生米——比喻子弹。

（写于2006年1月）

去杂

杂草在田地里
"杂痞"在人群里
前者的名是古老的
后者的名是时髦的

稗子就是稗子⁽¹⁾
杂草好辨认
"杂痞"难区别
人和鬼的血液混在一起

除杂草易
因为长在有形的土里
去"杂痞"难
因为它根于罪恶的灵魂

抑制杂草生长
让庄稼长成气候
谨防"杂痞"成灾

老农唠叨
LAO NONG
LAO DAO

让善良微笑人间

注：（1）稗子——一年生草本植物。长在稻田里或低湿的地方，形状像稻。

（写于2006年2月）

雪花儿飘呀飘

雪花儿飘呀飘
飘在我老汉的胡须上
我老汉的胡须也跟着飘
还有三天是大年
雪花花儿飘过去
现在年关不是关

雪花花儿飘呀飘
飘在那青青的麦苗上
飘在那嫩绿的油菜上
那金黄的菜花和麦穗
就是这些雪花花

雪花花儿飘呀飘
飘在我家团圆的桌子上
老天送来一道菜
别管我寿短寿长
保佑我孙孙上学堂

雪花花儿飘呀飘
飘在划龙船姑娘的头巾上

老农唠叨
LAO NONG
LAO DAO

龙船划到我家门
雪花花里看到姑娘红红的脸蛋儿

（写于2002年1月）

抗旱

（1）

地上很干
天上很蓝
地上干得七窍生烟
天上蓝得水莹莹

把天和地翻一下多好
将秧苗栽进水莹莹里
那是多么诱人的风景

（2）

儿媳们拔秧
我是远处打望的一朵闲云
儿媳们说
那些闲云有什么用呀

老农
唠叨

LAO NONG
LAO DAO

就飘着不下雨
天老爷太自私太吝啬
天那么大
我们这小田要几滴雨呀

（3）

这里天旱
那里洪灾
这里撑死
那里饿死
天失去了公正
难怪人间不平

（4）

龙来了
风雨就会来
为何不见龙的身影
龙哪里在大海
龙在那片森林里

龙不来了
风雨不来了
因为那片森林被血劫了

（5）

秧苗苗儿
你笑啥
管雨的老天愈去愈远啦

昨夜的梦太寒
昨夜的风太凉
雨神真无热心肠

秧苗苗儿说
老公公，看到你流泪
我在苦笑呢

（6）

舀水的是公公
挑水的是媳妇
架着太阳摄像机的是空荡荡的天空

公公和媳妇
默默地劳动着
配合得细雨和风

老天为何不配合哟
累，憋住了公公的肺叶
汗，把媳妇的脸浸红

老农唠叨
LAO NONG
LAO DAO

（7）

望雨
眼睛将天盯住
心将雨接住
梦里却是大火烧着天空

希望一丝云彩瞬间变为闪电
希望我老汉的斗篷化为乌云升空
宁愿和黄牛一起在雨水中沐浴

如果生长云苗苗需要我的眼泪
那就给汗血吧
只要田里热泪汪汪

（8）

云儿生长吧，云儿生长吧
长得像我心头那片庄稼黑压压

云儿黑些吧，云儿黑些吧
黑得里面蹿出金虬虬的龙

云儿低些吧，云儿低些吧
低得我老头也能逮住你的尾巴

（9）

秧苗苗儿，玉米苗苗儿
我的心儿，我的肝儿
不要太阳做我的义儿
他不会瞻望我这老头儿
天这样旱他不敬点雨珠儿

快些长吧
我到老井给你打水去了
我的心儿肝儿

（写于2002年5月）

稻子快熟了

热热的太阳在酿酒
桂花好像提前开了
望不到边际的浪卷过来的香气
醉得我老汉差点倒

这夜晚要沸腾了
这月亮该精神了
袁隆平[1]先生来看看吧
你的种子长成了海洋

注:(1)袁隆平——研究杂交水稻种子的科学家,被誉为"杂交水稻之父"。原来的传统水稻种子亩产仅二三百公斤,杂交水稻种子亩产可达五六百公斤,超级杂交水稻亩产甚至可达到七八百公斤。科学技术成为水稻增产的主要因素。

(写于2004年)

北风中的广柑林子

北风中的广柑林子
我来看你来了
你的主人打工到远方了
你成了可怜的孤儿了

有人侍候你
地上冰冻心里是热的
无人照料
没有冰冻地冷心也冷了

霜把你的叶子打光了
你在北风中颤抖
那枯枝上
鸟儿也挺不住了

想起前些年
你生出一片小太阳
把山村照亮
我在睡梦中小太阳张开了翅膀

该给你打扮整枝了
该给你施肥了
该给你杀虫了
可北风不能做这些事

我老汉想做
可转不动身了
弯不下腰了
就跟那无用的北风一样

（写于2012年1月）

"了"字歌

人去了
楼空了
养猪儿的圈也空了
听说猪肉从美国进口了

放着的家不守
非要往远处跑
把娃娃们放开了
可是却把泥土搞死了

一条要山村命的路
被吹得好得不得了
等我这批老头入土了
看你们真是只有喝西北风了

孩子们不会回山村种地了
这里的一切他们不习惯了
看看这天气
飞走的儿女们不如那群候鸟

山垭口的北风又吹过来了

老农唠叨

我老汉的胸口更凉了
再过几年了
山村又多一堆黄土了

（写于2012年2月）

山泉别流走

山泉别流走
留在山村的胸口
那里有一片麦苗
还有我这个侍弄麦苗的老头

云儿喝了泉水飞得走
麦苗喝了泉水绿油油
我老头喝了泉水清气壮
一支山歌好润喉

山泉别流走
那个闹市熏熏臭
蔬菜含有农药味
河里已无鱼虾游

山里那个姑娘不要走
为你开个山垭口
垭口的人儿向你望
垭口的月亮照你头

LAO NONG
LAO DAO
老农
唠
叨

我老汉笑眯眯唱山歌

太阳笑眯眯牵你手

看着野百合花干净的姑娘

喝了山泉如醉美酒

山里的姑娘不要走

外面的世界风浪陡

最怕你在忽闪忽闪的灯下迷路

最怕你撞上一群狼狗

（写于2011年冬季）

春花儿开了

春花儿开了
春鸟儿叫了
风儿吹起来了
把山顶山底的烟雾都吹散了

老汉我坐在山垭口
迎着风儿敞胸襟
吹吧，吹吧
把我老汉心头的烟雾吹散

（写于2011年冬季）

老农唠叨
LAO NONG
LAO DAO

乡村素描

老 / 农 / 唠 / 叨

乡村的爱不朦胧

1.约会之前

两片嘴唇
被相思燃成红云
今夜圆月一定格外明

该死的收天
该扔的镰刀
害得山哥哥不见

山哥哥呢
等会还是那棵桂花树下
叫你的舌头开朵花

2.媒人

先谈着

别忙请媒人
时候到了挂个名

传话容易走调
更是不能传情
比如这个亲嘴岂能拜托他人

山妹子扑哧一笑
你真坏
我偏不听

3.慌乱相思

这几天的山妹子
行动出岔子
走路踢脚趾

头发梳了两梳子
扣错了衣扣子
饭没吃完便放下了筷子

母亲心里犯疑子
口头轻骂死女子
还不是为了那个小伙子

4.这个死果果

这个死果果
不白不黄不青

不桃不李不杏

一尝就丢不下手
万般味儿说不出
似甜似酸似苦

梦中也在想那个味
脚板像有虫搔
愈搔愈睡不着觉

5.恋打工的他

过了门就愈去愈远——直到天涯
又好像愈走愈近
在她的梦中迷路

相思味，谁能调
闭上眼，影朦胧
睁眼看，一场空

从长江去的
把每夜的梦交给船
让他来去顺风

（以上5首爱情诗写于1999年）

山妹子采花

为山妹子编织花环

1.葡萄雨落了

葡萄雨落了
山妹子的泪也落了
葡萄和稻谷熟透了
山妹子的爱情还很青

她凝望到南方打工的路
等于望葡萄雨
不自然熟落的葡萄雨呀
哪不是酸涩的，哪不是酸涩的

2.山妹子唱歌

山妹子唱歌
山菊花便晶亮
山妹子激动

山菊花闪着泪花

山妹子去了
后面跟着晶亮的风
一支山菊花摇珠拽
山似乎轻盈了

山妹子累了
掬一口山泉
冲洗心里的苦涩
让嘴唇清爽又甘甜

山妹子来了
山菊花摇曳出脸上的红晕
含羞的眼睛去盯脚后跟
怕与那个人儿的眸子相对

3.山妹子独自一人进林子割草

山妹子独自一人进林子割草
群鸟在她上下左右扑腾
山妹子疲惫了坐下喘息
突发奇想解开衣扣

她先低头欣赏自己的胸脯
然后用手轻柔着两只小白兔
这时每片树叶都睁大眼睛
群鸟扑腾得愈益兴奋

林子未守住山妹子秘密
有只贼眼从树叶的缝隙溜进
一天，贼用这个故事当众羞辱山妹子
山妹子的脸唰地白，天瞬地黑

4.有人为你编织花环

有人为你编织花环
用山蜘蛛吐的丝把花朵串起来
呃，圣洁的山妹子

望着广袤的土地
仿佛很遥远又亲近
你眸子里闪着心上的露珠

虽以风的激流生成翅膀
想把你的影子和激流驱散
可连梦也被你神秘地俘虏

（以上4首爱情诗写于1999年）

养子沟的山泉

望

说的今天来
为何不见影
叫我心头毛得很

是昨天暴雨冲断桥
还是活多脱不了身
还是活重累上了病

不怕今天不见人
眼下男儿最花心
只怕他进人家的门

（写于1999年8月）

那个人儿你知道不

桃子熟了
很红很鲜
压得枝头沉甸甸

轻轻摘
慢慢采
母亲说：给那家子送一篮

那个人儿你知道不
最红最鲜的那个不忙给你品
先收藏在心间

（写于1999年8月）

老农
唠叨

LAO NONG
LAO DAO

那些眼睛

据说，城市里
有许多五光十色的灯
在夜里不停地眨眼

据说，有的眼睛
眨得色眯眯
专勾男儿汉的魂

你千万珍重呵
空闲日，烦躁时
不打电话就写信

（写于1999年8月）

山里柿子熟透了

离别

渴望望干了眼泪
忧伤缠裹了月亮
张家出了个狠心肠

又是一个秋天
黄叶纷飞，纷飞黄叶
她成了秋天的一棵树

即使春天回来
那棵树能跟着回吗
尤其是纷飞的叶片

（写于1999年8月）

爱在深深的土壤

忙了我家的田
又忙你家的地
乡里的爱等于劳动

给我家一担秧苗
送你家一担肥料
乡里的爱等于交换

眉来，在庄稼林里
眼去，在春播秋收里
乡里的爱在深深的土壤里

（写于1999年8月）

老农唠叨
LAO NONG
LAO DAO

李小尔婚外恋

王幺妹常问魔方⁽¹⁾的翻法
李小尔百答不厌
小尔小尔愈叫愈甜
幺妹幺妹愈叫愈亲

两个人的情感
一个是土壤
一个是禾苗的根须
相互攀扯
愈攀愈紧

一个春天的黄昏
王幺妹和李小尔
翻着各自的魔方
相隔仅数米远
小尔哥，把你

水稻杂交良种给我点
好妹儿，送给你一斤
小尔哥，你品种好，我还要
（向李小尔闪着火辣辣的眼睛）

好妹儿，过来再拿些去吧

黄昏拉下帷幕
土地振奋
李小尔更振奋
李小尔感到自己的良种
种进了神奇的土地

注：（1）"魔方"指立体农业。

（写于2001年3月）

老农
唠叨
LAO NONG
LAO DAO

李小尔婚外恋续记

李小尔和王幺妹
至那次翻了精彩魔方后
一天夜里，突然
李小尔的耳朵
被钳子般的手箍住

给我老实说，你和王幺妹那事
啥事
你装痴，他们都说得枝枝叶叶的
不老实，叫你的耳朵掉在地上
（将箍住的耳朵一轮转）
哎哟，我说——

幺妹常要我教翻魔方
又要那良种，所以就那个了
只有一次，今后不敢了
啊呀，你个作孽的
怎么不敢，把她娶过来呀
（李小尔的妻子号哭起来）
小尔趁此翻魔方去了

第二天，小尔和妻子
到地里摆弄魔方
王幺妹打招呼
见小尔的妻横着眉
心头咯噔——遭了，那事犯了
小尔向王幺妹做了个鬼脸

收工回家
王幺妹悄悄上前拉住小尔的妻
嫂子，我是喜欢小尔
只是毛风毛雨的事
小尔哥永远是你的
（小尔的妻子不说话）
看样子气消了许多

（写于2006年）

老农
唠叨
LAO NONG
LAO DAO

王幺妹的梦

秧苗苗儿蔫了
李小尔也蔫了
王幺妹说
秧苗苗的心就是小尔哥的心

天空燥得发白
太阳还在加火
星星也被烧死许多

李小尔突然仰天长啸
假如我是羿
就要射下雨

夜里，王幺妹做了个梦
李小尔向天空张弓搭箭
突然，乌云滚滚，雷鸣电闪

（写于2001年3月）

与山妹子的梦幻有关

山顶上多了几朵白云
山妹子上山了
山溪生出了一道瀑布
山妹子下山了

山顶上桃花迟迟开了
开出了山妹子的青春期
满山的鸟儿闹腾了
山妹子的后面多了个郎君

有时山里连续晴几天
有时山里连续阴几天
有时山上山下布满了雾
这与山妹子的心情无关

夜里月花花
星花花
早上霜花花
这与山妹子的梦幻有关

老农唠叨
LAO NONG
LAO DAO

（写于2002年1月）

山妹子的夜晚

山溪在山妹子的心里
山月在山溪里
洁白的哗啦
静静的夜里

山妹子拾起两颗
星星石子一碰
无数的小星点
落在溪水里
哗啦一声响
山妹子随着山溪
去到深夜的背后

梦的天宇里
无数小星点聚合成
两颗星星石子
山妹子是其中一颗
另一颗是谁
山妹子睁着惊奇的眼睛
不知名的星星石子呀
能否伴着山妹子哗啦到日出

（写于2002年1月）

黄桷树下

你站在黄桷树下
望着大山的远方
天阴阴的
你哽咽了
你流泪了

黄桷树绿茵茵的
绕着你旋转的风
惨惨的
我看见你的泪滴
是雪花花的
像流出大山的溪水那种色彩

昨夜的梦是甜甜的
昨夜的梦是惊喜的
玫瑰色瞬间变成了橘黄色
一眨眼，秋天遮住了春天
可醒来咂了咂舌头
梦是多么苦涩

老农唠叨
LAO NONG
LAO DAO

庄稼是风调雨顺的
收获是令人激动的
但吃在嘴里却变了味儿
像没有黄熟的杏子

你的心思谁知道
是想逃离大山
是盼一次与打工郎的约会
问你你不言
问山山不语

（写于2002年1月）

雪白

霜堆得很厚
萝卜在霜里生长
山妹子在霜和萝卜之间

拔出萝卜
山妹子一声笑
萝卜炸得霜花花

哟！霜花花的脸瓜子
霜花花的眼珠子
霜花花的雪影子

山妹子的心是萝卜
哪个男儿不想拔
山妹子一声笑
你满身都是霜花花

（写于2002年1月）

老农唠叨

山妹子生活的地方

离城市很远
离蓝天很近
鸟语生溪水
溪水生白云

出山很远很远
进山很近很近
是山雨还是鸟语
有时分不清

最白的雪在此地落
最白的霜在此地生
那最纯洁的月亮
怀抱着山妹子那颗心

（写于2002年1月）

暑季，山里的雨

雷说拉闸门就拉闸门
山里的雨性子最急
霎时一条立体的河
山妹子是里面的一条鱼

这时的山妹子最透明
大山是河底的玻璃
……

若问山妹子你要伞吗
她会摇摇头——
雨就是山里的阳光
阳光就是山里的雨

（写于2002年1月）

老农唠叨

你从桃林出来

你从桃林出来
背后一片桃花
你满身都是花瓣

远山下起了春雨
太阳眼泪汪汪
春雨泪花是芬芳

你从桃林出来
前面是春风
你在春风和桃花之间

（写于2006年）

山野桃花

山妹子幻影

山泉好甜爽

在山妹子的心里流淌
山泉好清亮
从山的缺口流去了远方

山泉的浪花是雪莲
绽开在山妹子的脸上
一个是山泉，一个是鱼儿——
这是山妹子的幻想

昨夜山泉比霜白
是山妹子在漂洗衣裳
今天太阳格外亮
是山妹子思量昨夜月光

黄昏黄昏

这隔开白天和黑夜的幕帏
那里面有多少神秘的故事
但都是山妹子遥远的梦乡

（写于2002年1月）

梨花带露

清晨，掰玉米棒子的姑娘

清晨　在田边
山妹子掰玉米棒子
稀里哗啦叭叭一片

超短裤　紧身衫
爽利　干练得风儿齐追撵
只是　有晨霭将她罩着
给我与迟到的朝阳
半个真实　半个梦幻

我胡乱猜想
锯齿叶已划破她大腿的肌肤
（劳动之后才感到隐隐的疼）
热汗已浸红她的脸蛋

她稍息了
扯起紧身衣
是擦去霭雾还是擦去热汗

我突然感到
山妹子是一株成熟的玉米树
谁去掰那熟透的玉米棒子呢
无病呻吟的我和朝日
都是遥远的遗憾

（写于1999年7月）

老农唠叨

一条黑灰色蚯蚓

农民，贾梭梭
一条黑灰色蚯蚓
蠕动着蠕动着
在我的胃肠里
在我的心肝里
在我的肺叶里
蠕动着蠕动着

雷雨好燥呀
日头好毒呀
许多的夜月也是那样的黑
贾梭梭这条蚯蚓哟
仍在蠕动着蠕动着
给我的心肝脾肺肠送来
新鲜的空气和血液
我的肚肠痒痒的心肝酥酥的
我均匀地呼吸着呼吸着
和着蚯蚓蠕动的节律

贾梭梭哟

我用什么回报你呢

绿色的禾苗是你梦幻的花朵

给你一片小小的海洋

让你是一尾鱼儿

在海洋的庄稼林里畅游着——

欢乐地畅游着

突然跃起

我们看到了一朵浪花

（写于2010年）

老农、油菜花

好一个春天
好一个老农
好一片油菜花

老农与油菜花
相互映衬，格外的鲜明
老农愈益苍老
油菜花愈益晶亮

唉，秋天的缩影
黄昏的拐杖
泥土的雕像
这就是老农，这就是老农呵

不过，老农激动的心坎和泪花
也有油菜花那么晶亮
不过，老农昨夜的梦
在一片油菜花里闪跳

生在这田里生
活在这田里活

死在这田里死
油菜花不是一片美丽的花圈吗

（写于2010年）

LAO NONG
LAO DAO
老农
唠
叨

满眼金海

黄昏，云未散去

风和雨急急地去了
云还停留在田野的头顶
闪电在遥远的地方微微颤动
雷想呼喊却发不出声音

还有一种迟归的鸟在嘎嘎地叫
梦的前奏已经来临
窈窕的姑娘到井边汲水
然后窈窕到深深的黄昏

（写于2004年）

老农唠叨
LAO NONG
LAO DAO

稻花丛中一村姑

雷鸣着，电闪着
厚实的白云底下
黄黑云涌动着
雨突然住脚

风长啸着
不分东西把稻穗翻卷着
稻花丛中一村姑
和风云雷电邀约

头上的斗篷被风掀动着
用那镰刀把稗草除着
她忽儿隐忽儿现
在风和稻浪里浮沉着

低空中燕子把风逗着
山上腾起的雾和天空的云接着
烟朦胧，雨蒙蒙
好像风蹂躏了沙漠

风云雷电憩息着

大地上的一切都沉默着

雨却突然噼啪起来

那个村姑仍在稻花丛中泰然自若

（写于2004年）

这就是农家生活

红苕　洋芋
萝卜　青菜
拌淡淡的炊烟

有肉吃肉
有饭吃饭
飘着酒香的日子隔山看

咸也是一顿
淡也是一顿
马马虎虎又去了一年

种地赶集赶亲戚和乡邻的红白喜事
直赶到生命的黄昏
脚上有道无形的圈

三两蓬翠竹三两间小屋
三两株桃李三两只小狗
错错落落，零零散散

又是一天去了
夕阳把沉重的暮色甩在山背后
让农家背着缓缓回家

（写于2001年8月）

老农唠叨
LAO NONG
LAO DAO

夕阳观牛

啃着秋草
看样子很悠闲
放牧人远远立着牧竿

不看夕阳的殷红
只闻秋天的泥香

沉甸甸的肚里不是积满了苦累
青草哪有那么凝重

（写于2001年8月）

泥土

热汗的
眼泪的
梦魂的

春去了秋来
风去了雨来
霜去了雪来

经历了这许许多多
饱经了这许许多多
五色石的心灵
朴实无华的神情

阳光碎了落下
月光碎了落下
白天的泥土
夜晚的泥土

谁说你有淡淡的土腥味
太阳和月亮的车轮碾过去

老农
唠叨

LAO NONG
LAO DAO

袅袅的炊烟里
好一阵悠悠的麦香

（写于2001年8月）

谷粒

是阳光的粹点
在阳光下闪跳

是汗水的粹点
从汗水中泌出

是秋色的粹点
向春天哗哗流淌

是放大的遗传基因
里面布满了蝉的声音

（写于2000年8月）

老农唠叨
LAO NONG
LAO DAO

自然

白云绿草
蓝天大地
红日上下穿梭——一尾鱼

山青了又黄黄了又青
水清了又浊浊了又清
人去了又来来了又去

惊动大山的鸟语
划破夜空的流星
时间和空间永恒

（写于2000年8月）

玉米树和农家少妇

玉米苗儿
长成了壮实的玉米树
堵在夏天的尽头
不让火热的风迈进秋天的门槛

这个农家少妇
来关爱她的玉米树了
她刚新婚呀
脸蛋儿极极的润红

一棵一棵的玉米树
英俊潇洒
成熟的丰满不逊于
这个少妇挺起的胸脯

世界在变化着
庄稼在变化着
生命在变化着
少妇和玉米树是姐弟
血液等质
源情亲近

忽听玉米棒子喇叭高唱

城里招乡村公务员

这个农家少妇先是惊疑后是欢呼

——走！考公务员去

是呀，玉米树和农家少妇的胸脯

也应挺在电脑办公桌前

（写于2006年2月）

新宁银杏新枝发

锦绣的银杏

生金的银杏

在这个别有洞天的地方

她和如山如海的玉米、水稻争辉

好生羡慕银杏

修炼她长寿的生命

赞赏她挺直的品性

追梦她叶子的芳菲

最想看秋风将叶片染成金黄

无数彩蝶浪漫翻飞

农民兄弟在梦幻中微笑着

一个国际著名记者按下快门

我希望农民兄弟

从银杏的树干上摘下灿烂的金子

我更希望农民兄弟

像银杏树上金色的叶子翩翩飞翔

（写于2010年7月）

秋天的银杏惹人醉

秋天，老农种麦

这是一片麦地
在飒飒秋风中
麦粒界定了一个新的季节

寒露霜降
豌豆麦子在坡上
种子是现代的杂交
耕播是古老的把式

青壮去了沿海
老农守家耕耘
泥土在千年锄头下
翻来覆去，细化松软

泥土滋润了
泥土缕缕丝丝了
老农头上的白云也缕缕丝丝了

老农的心里下起了雨
像白云般的缕缕丝丝

泥土　白云　老农的心和雨

分不清哪是丝丝，哪是缕缕

（写于1999年8月）

稻谷扬花了

稻谷扬花了
蝉吵闹开了

一天的云朵
满眼的南风

稻浪堆成远山
清溪环绕着走

悠悠落日落成个秋
迟迟未归的农妇
稻浪深处生愁

（写于2001年7月）

老农唠叨
LAO NONG
LAO DAO

田野，立秋后的第九天清晨

风没有动，炊烟没有动
只有梦在伸延——
直入田野的金色

只差一个太阳了
晒场已修好，镰刀还未磨
该撤麻将桌子了

树叶飒飒起来
稻穗动了起来
是他的脚步带出了梦里金风

（写于1999年8月）

秋收之夜

小城睡了
乡村沸腾了
小城和乡村拉开了距离
乡村滑进天宇里了

镰刀碰响了皓月
稻花拂着了星斗
碰得田野哗哗啦啦
碰得夜晚亮亮堂堂

吴刚和嫦娥是乡村的儿女吧
桂花酒里有稻谷的芬芳
乡村站在夜的天涯回头看
酣睡的小城醒了

（写于2002年9月2日）

LAO NONG
LAO DAO
老农唠叨

宝塔坝丰收景象

暮时秋色

地空山荒
枯草白霜
悬崖挂藤
风吹山岗

百鸟蛰伏
乌鸦独唱
偌大一个马蜂窝
高高挂在一棵老树上

走了几里路
没见一个青壮
抬头望
一只山鹰定格在云天之上

（写于2012年1月）

老农唠叨

云阳县龙缸某处风景

落日慢慢地落

落日慢慢地落
黄昏无声地来
几只麻鸭缓缓地回家
后面跟着老农长长的影子

日子默默地过
田野静静地荒凉
山梁沉沉地挺立
古井幽幽地思索

天缓缓地黑
晚风淡淡地吹
那抹悠悠灿烂的晚霞
是山村美丽的梦幻

（写于2011年12月）

老农唠叨
LAO NONG
LAO DAO

一缕炊烟在空寂中袅袅

一缕炊烟在空寂中袅袅
一只小狗在路上睡懒觉
一个小屋在北风中萧瑟
一头老牛在山坡上啃食荒草

树木光秃着
溪沟断流了
只有那蓬默默的慈竹
还持续着绿色的祈祷

老牛突然一声昂叫
震动了大山的心窍
鸡跟着咯咯鸣
狗跟着汪汪叫

霜打红的夕阳落土了
一个老农走上山坡
牵着老牛淡然回家
乡村的一天就这样结束了

（写于2011年12月）

那里有荒凉的田地

地在荒凉
田也在荒凉
看蓬蓬草的色彩
泥土里还有血液和汗水在流淌

寻觅小路
惊了野兔
嗬呀一声
野鸡飞惶

明年来到这里
是否还能感到生命的热量
想起孙二娘开店的那个地方
还有武松打虎的景阳冈

树向天空伸着无可奈何的手
像倒挂的冰凌
一片枯叶挂在树梢上
在北风里簌簌地响

老农唠叨
LAO NONG
LAO DAO

（写于2011年12月）

乡村暮色

北风吹过山村

北风吹过山村
卷起枯叶黄尘
万物的空窍都发出音响
只有山岩与老农无声

狗在睡梦中惊醒
鸡在栏栅里扑腾
汪汪叫与咯咯闹
和着北风的喧腾

北风翻过了山梁
山村复归于寂静
白日渐渐沉没
夜幕颓然降临

寂静愈沉愈重
黑夜越行越深
长夜难眠
梦痉挛着灵魂

北风更好不停地吹

老农唠叨
LAO NONG
LAO DAO

吹到能感觉山岩开花的声音

一个令人心颤的冬季

胜过十个要死不活的春

（写于2011年12月）

山村一夜

夜明晃晃
梦空荡荡
月亮高悬清霄
霜把寂静叩响

辗转反侧
静极梦难酿
多少思绪
千里浸凄凉

银河无语横移
星星哗啦流淌
灵魂飞到窗外
去和流星碰撞

这世界
水月一江
人气退潮的山村
黯淡了日光叮当了月亮

老农
唠叨
LAO NONG
LAO DAO

（写于2011年12月）

老农与黄桷树

黄桷树很老很老
老农也很老很老
可是比年龄
老农是黄桷树的小老弟了

黄桷树的根伸向四面八方
像能形成洪潮的蛟
天上打雷了
在黄桷树下隐隐听到

老农的小屋就在黄桷树下
不怕风狂雨暴
枝叶厚实浓荫
可以吸纳山呼海啸

儿时，黄桷树是老农的乐园
如今，黄桷树是老农的依靠
想当年攀爬打闹翻鸟巢
老农心头默默一笑

黄桷树的叶子落在山溪里去到远方

老农在海边打工的儿子是否能看到
一条古老的短信
在梦里流漂

黄桷树多么苍老
老农也多么苍老
明白历史的沧桑
往往在无文字的地方寻找

（写于2011年12月）

那个最美丽的姑娘打工回家了

晚霞忽然灿烂
那个最美丽的姑娘打工回家了
小黑狗扑上去一阵狂欢
回栏的鸭子乐嘎嘎

北风突然暖乎
那个最美丽的姑娘回家了
星星早早睁大了眼睛
今晚的月亮会很大很大

夜里的霜如雪呀
那个最美丽的姑娘打工回家了
太阳早早地升起
老婆婆围上来说不完的话

古井开了花
那个最美丽的姑娘打工回家了
姑娘去井边打水
小黑狗跟着乐哈哈

不几天

那个最美丽的姑娘又打工走了
到井边去看看
里面的水还开不开花

（写于2012年2月）

离散打工

打工打工
打发了疯
西边的人往东边赶
像潮水一样涌动

儿子在福建
媳妇在广东
孙儿孙女留守家
子散妻离为哪宗

地久天长情丝断
多少家庭破裂中
离婚再婚法庭判
悲欢泪水苦难梦

漫长打工路
去也北风来也北风
山村地空情不空
无数牵肠挂肚搅得好心痛

（写于2012年2月）

忽然看见一个古镇

地灵山清
溪流环抱古镇
虽然只见残壁
但隐隐有文化浸润

那棵能托起太阳的古树
散发着墨的淡淡芳馨
小溪流上的石拱桥
有依稀沧桑的痕迹

村民说有匾为证
明朝出过一个翰林
退休返家办学
培育了整个村的儿孙

日寇侵略中华
他的学生的学生英豪奋
枪林弹雨道义壮
血染风采民族魂

老农唠叨
LAO NONG
LAO DAO

再看看那棵古树
仿佛听到一口古钟发出声音
世界多乱
硝烟不尽

告老还乡是多么好的制度
文化在山村打结生根
想古时文明和泥土的亲近
今天城乡的不均衡令人忧心

（写于2012年2月）

残秋印象

秋天很深很深了
树叶很黄很黄了
秋风阵阵吹起
落叶纷纷飘向远方
下面跟着一群打工的农民兄弟

秋雨下了起来
两天，三天……
天也沉沉，地也沉沉
人也跟着沉沉
我像那棵光秃凝重的树

再热的土也会荒凉
再热的心也会凄楚
雨依然笼罩着乡村
窗外的梧桐叶淅淅沥沥
一只白鹭飞到山外又飞进山里

鸡鸣被寂寥呜咽
犬吠随旷野逝去
太阳被九重暮云封锁

风暴在无垠之外
云和闪电呻吟在地狱之底

最可怜情随境迁的人
最可怕无动于衷的人
不如要严冬
冰雪虽寒却是那样洁白
阴晦的日子令人窒息

（写于2006年11月18日）

那里的乡村

月亮默默地走
太阳默默地走
那里的乡村
中国某些地方的贫困

一头老牛在走
一个老农在走
那里的乡村
闪亮的镰刀掉了魂

把一把乡村的脉
没有温情
更无热度
土地被肢解

乡村的心在远方跳动
乡村的渴求在远方萌生
乡村的血汗在远方流淌
乡村被荒诞打劫了精神

那里的云散了

老农唠叨
LAO NONG
LAO DAO

那里的生活散了

我心上的乡村

等到何时有生命的沸腾

（写于2010年10月）

一棵枯树下的葬礼

那棵枯树
孤零零伸向天空
一只乌鸦停在树巅
地下停着一个死去的老人

哀乐很现代
礼仪很封建
人气很稀薄
排场很隆重

道士来了
风水先生来了
他们都各自带有自己的套
借亡灵吸吮血汗

青壮外出
愁抬灵柩
找遍远远近近
终于凑齐八人

有村民说

老农唠叨
LAO NONG
LAO DAO

花数万元的葬礼太贵

如今死不起人

怎不盼，乡风清新

（写于2010年10月）

深秋

清冷的阳光

人气不旺
阳光跟着冷清
煮饭人无语
柴火愈亮明

昨夜月亮很暗
今晨大露煞人
儿子媳妇在深圳
老汉在屋外望云

放了学的孙儿
该快回到家门
昨夜孙儿说梦话
喊了爸爸喊妈妈

今天风很大
孙儿冷不冷
带宝贝孙儿
比儿子更吊胆提心

王老汉已把孙儿送到东莞

我们的孙儿送不送呢

看王老汉整天发怔的模样

在家带着难，送走更揪心

（写于2010年10月）

老农唠叨
LAO NONG
LAO DAO

秋天在乡村

（1）

秋风轻轻的
秋光淡淡的
泥土很寂静
秋天在乡村没有微笑

太阳依然从山里升起
月亮依然从山里落下
只是它们的脚步
无精打采似的悠长

荒芜蔓延
野草疯长
秋天在乡村像掉了魂
那棵树布满了发直的目光

想起某年冬天

一场大雪覆盖了乡村
在洁白的大地上
不知有多少孩童打雪仗

经历乡村
乡村难忘
有个孤独的老人
他以乡村生命的方式打望夕阳

（2）

数只鸡一头牛
犬吠汪汪
房门半掩
炊烟袅袅绕山梁

人的声音微弱了
乌鸦叫得更响
公路宽阔了
小路堵得慌

年轻人都走了
听不到爱情的欢歌
守家的都是老人
偶有一曲是哀乐在唱

古老黄桷树
苍翠的竹林
汩汩的溪水

默默感受夜里的月光

乡村的生命靠泥土的甘饴
泥土的生命靠血汗的滋养
残秋愈来愈近了
一个早上，枯黄的草满头白霜

（写于2010年10月）

王老汉举起的锄头久久不落到地上

一条美丽的河
一个美丽姑娘
河里的水很净很净
净得可以濡养婴儿的心脏

秋风吹散了天空的白云
美丽的姑娘飘到了远方
一只雄鹰在穹庐停住送行
有人突然感到野茫茫似的苍凉

美丽的姑娘不仅是脸蛋漂亮
心灵的纯洁像河里的水一样
外面的世界污染太重
有人担心浓重的黑影袭击一个梦乡

美丽的姑娘是王老汉的媳妇
这老汉叭土烟已没有过去的声响
媳妇何时归来
王老汉举起的锄头久久不落到地上

LAO NONG
LAO DAO
老农
唠叨

（写于2010年10月）

静静的山村

微风轻拂着小草
小河向着远方流淌
唰的一声
一片枯叶掉在地上

小屋没有气息
身旁的竹林凝重得发僵
想起昨晚的月亮
和霜一起叩打门窗

一个老农在田里除草
守候着麦苗静静生长
泥土默默感觉除草的声音
心跳的节律和在老农的胸口上

满山铺满了凄清的阳光
明晨的雾会笼罩山冈
落日殷红
像要滴血一样

好一山野菊花

金黄衍生金亮
金亮垒着金黄
好一山野菊花
聚集了初冬的全部阳光

雾霭逃遁
惨淡融尽
幽幽深山
没有车喧的地方

灵鸟飞转
冽泉流淌
最清纯嘹亮的歌儿
可以在这里放开唱

撩开这忧那愁
莫做杞人样
当把这心儿
放在那幻生白云的地方

造房

硬硬实实的山坡
软了，平了
在那个农民老哥的开凿下

我说，修啥房，这里太贫瘠
不如拓宽孩子们通往学校的路
可农民老哥像春天耕土那么执着

玲珑的小房造成了
像一颗钉子
钉在那面山坡上
那墙基长出的根须
深深扎入石头的肉缝

我明白了
那是特殊的房子
是那位农民老哥一生向往的旗帜
而他的读初中的儿子
却因营养不良而犯病

（写于1999年12月）

刘茂才的稻谷笑了

这是一个雨后的黄昏
我散步到田野
在我忧郁的眼睛里
刘茂才的稻谷笑了

雨后的风很轻
田野沉甸甸
低空的蜻蜓游戏地飞着
西天的晚霞也被稻谷的微笑感染

天很高远
稻浪向远山涌去
刘茂才此刻也正好站在天边
品味着一个新成熟的季节

这个年近50岁的没有文化的农民
犹如一条蚯蚓到泥土之上游历
近20天的伏旱
险些使他的汗水开不出花朵

老农唠叨
LAO NONG
LAO DAO

看来，老天只不过跟他开了个玩笑
老天还是怜悯他的
刘茂才付出的
不仅仅是汗水哟

细瞧那密匝匝齐刷刷的谷穗
有的还挂着晶莹的雨珠儿
这使谷穗的笑更加美丽
这种美丽伸延到刘茂才的脸上

看不出谷穗的笑里有没有苦涩
只看到低垂的凝重
收获的笑容
必须像泥土一样重实

我回走了
抬头再看西天
有几颗闪烁的星星
是不是在看刘茂才的稻谷呢

（写于2003年8月18日黄昏散步归来）

（写了这首诗之后，哪想到，刘茂才的稻谷发生了戏剧
性变化，一连十多天雨，正在刘茂才收获稻谷的日子
里。刘茂才收获的并不是金色的稻谷。）

汗水和着泥燃烧

汗水和着泥
心血和着泥
生命和着泥
一起燃烧
一起燃烧
一起燃烧

在风雨中燃烧
在骄阳下燃烧
在霜雪里燃烧

窑子就是床
365天的梦
化为苍白的灰
再凝固为响当当的银瓦金砖
那是心血和汗水的再次凝固
那是生命和期望的再次凝固

老农
唠叨
LAO NONG
LAO DAO

他成了一块银色的瓦
盖在东家的墙上遮雨
他成了一块金色的砖
嵌在西家的墙壁中闪光

（写于1999年12月）

麦子自诉

天旱逼我
太阳逼我
我早熟了

就像那复复杂杂的社会
把人逼早熟了
尤其是把姑娘逼早熟了

在将黄熟的那些日子里
吹些明净的风多好
下场清爽的雨多好

（写于2000年5月）

老农唠叨
LAO NONG
LAO DAO

一个惊奇而真实的故事

一九九九年的夏季
川东，某村，某社
某月，某日
一个阴森的地窖里
两个孩子
三岁，四岁
一条蛇
像一条绳索
紧紧缠住他俩小小的颈项
两个小小的生命就这样去了

此刻，他俩的爷爷，奶奶
正陶醉在麻将声里
此刻，他俩的父母
正在遥远的南方打工

或许因为打工太累
昨夜无一点梦的预感
悲剧的发生是必然的了

两位老人
已是第二次将两个小生命囚入地窖
"爷爷，奶奶，里面有大虫，我不去"
可被赌瘾麻醉了的两颗老心太狠了
窖盖，比昨天盖得更严

待二老回家打开地窖
看到这惊悸的一幕
"天哪，怎么会这样"

二老在悲恐中安葬了
两个小生命
随之永远闭上了眼睛
惧愧看这个生的世界

噫噫，那条蛇莫非是
现代娱乐的化身
一天之内便夺去了两代四人的生命
大自然的眼镜蛇也比它逊色了

（写于1999年7月）

LAO NONG
LAO DAO
老农
唠叨

理县某处风景

乡村的人情旋涡

几个秋实了
乡村丰满些了
乡村美丽些了

于是乡村剪着城里人的样
在红白喜事中卷起泡沫
让远远近近的人喝彩

乡村呀乡村，你经不起夸张
秋天过后就是冬天
骨子还很虚呢

（写于1999年8月）

老农唠叨
LAO NONG
LAO DAO

地震或火山的声音

烈日夺走了你的翠绿
秋天吸着你的血液
你默不作声
像那头老黄牛一样

当风雨发声
当雷和闪电发声
当那头老黄牛也昂首仰天长啸
你仍是默不作声

多么希望你像雷和闪电一样
顺其自然发言
最怕听到你绝望无奈的声音
那种声音是地震或火山

（写于2001年9月）

老牛

风在耳边霜在血里
雨在汗水边雪在骨髓里
闪电在脊髓中雷在胸脯里

眼睛里有岁月的年轮
角上沧桑迭更
五千年蹄声隐隐

永恒的活化石
旷野的雕像
土地的精灵

贴近土地

生也静静
死也静静
无边的包容
风雨亦泰然
雷雨亦慈祥
芸芸众生的温床

但只接受诚实
给阳光回馈以绿叶
给汗血回馈以红花

（写于1999年7月）

那颗心

窗外，秋雨
没有风的田野
很静，很静

把这颗心寄托在田野吧
像泥土和小草一样
在秋雨中息燥至寂

秋风迟早会来而后远去
陪伴它的只有枯叶
我那颗心在种子萌发的那个地方吗

（写于2001年9月）

老农唠叨
LAO NONG
LAO DAO

老农进城

街道敞开了胸襟
向着蓝天
老农喃喃唠叨
小城变了
哪是鼻子哪是眼
不敢认
是不是到了天堂

突然，老农惊住了
两只狼狗迎面过来
尽管狼狗对老农没有敌意
闪着绿光的眼睛没有盯着老农
老农还是像走到万丈悬崖边
两条腿战栗起来

两只狼狗从老农身边过去了
老农还在梦魇里
腿还在打战
扭头看狼狗
已去了很远
老农终于继续往前走

这才注意到狗的族类很多
（先前仰头看伸入云中的楼）
在人群中来往穿梭
还有美妇人搂着哈巴狗亲嘴
老农心里很不是滋味
这么多狗进了天堂
这天堂就不是天堂了

（写于2010年）

LAO NONG
LAO DAO
老农唠叨

心灵之履

老 / 农 / 唠 / 叨

深山百合花

1.百合花火焰

不生黑色的云朵
只生绚丽的百合花
梦幻边缘
落日生彩霞

流出的忧郁是雪亮的溪水
山里又山里
采撷百合花哟
这山的心灵的火焰

岁月中的日子
燃成一圈一圈的洁白
夜里，一颗露珠是一盏冰清的灯
你和她在火焰之中

深山百合花

2.瞧你这百合花

你这山里静静的馨香
应该喷到山外去
喷到那城市的亮点处
比如现代化衍生的网络

山里的东西当然值不得炫耀
但，如这一缕纯净
融去一块晦暗也好
何况亮点处还有黑色的幽灵

那些肥胖得呼吸不畅的人
瞧这花儿，还带着山里的——
月光和露
霜和雪

3.这山的芳魂

这山的芳魂是你
山泉向山外宣言
山外的人
不能翻译山泉的声音

你飘逸不到山外去
圣洁从来难风行
何况山外有山

还有山口拦路的阴云

听听鸟儿的嗓子
含有你的色彩
拔根小草嗅嗅
有人裂弦碎琴

4.这是另一个世界

凝固的浪花，你举起
未污染的灵魂，你举起
不是岩石就是荆棘
你仍然把雪色精神举起

这是另一个世界
月光在感觉你
星光在感觉你
遗憾，这是另一个世界

出了山你能举起吗
比如说到了闹市，或许
你会被太热的浪和太嘈杂的声音
淹没

老农唠叨
LAO NONG
LAO DAO

5.百合花希冀

映着白云朵
摇曳着清风
与那雪花花的溪水
以不同的方式昭示这山的性情

鸟儿和浮云
跟着风去了远方
盛夏已过
你的芳华零落成泥

再有春天吗
再有来世吗
燃起白色的火焰
怕只在梦中

6.那绽开着百合花的山

一朵一朵的你
使这朴素的山夺目生辉
原来美生于无华
我想到了贫瘠的天空里的太阳

百合花儿
做我心灵的火焰吧
照我进山的路，不问崎岖

只要看不到那双双泛绿的眼睛

昆仑高洁
路遥远艰辛
我的企及——
不过那有百合花的小山而已

（以上数首百合花诗写于2002年秋）

老农
唠叨

LAO NONG
LAO DAO

倾听茉莉花开的声音

月光下
一株小茉莉

夜的天很蓝
还飘着白云

月光轻轻
清风也轻轻

我默默感到
茉莉花在静静开放

霜地上
又多了一株小茉莉

太阳的小茉莉
月亮的小茉莉

他俩茉莉花般轻轻地相吻在
霜地上和轻轻的轻风里

茉莉花儿开了
在静谧的夜里开了
那幽幽的香馨
流入夜的魂窍

田野沉睡了
蛙声很稠
山的阴影下闪动着萤火
夜走了很远很远的路

山那边

下雨了
在山那边
花开了
也在山那边
还有些撩惹人心的事儿
可惜也在山那边

（写于2001年8月）

山里的霜

夜静静地走
山静静地走
山里人的梦幻静静地飞翔

溪水缓缓打开栏栅
银河悄悄光临村庄
还有星星和月光

哦！天突然亮了
山里人的梦幻和月光们来不及走
就成了山里的霜

（写于2002年2月）

老农唠叨
LAO NONG
LAO DAO

带雪的花

山外的山外
我看见带雪的鲜花
罕见的雪
落在春的胸窝

她并不摇曳
凝结着冰清的美
干枯的心吻她
会掉下一枚红果吗

（写于2001年1月）

落雪

雪下时
鸟儿木着
被雪消融着

雪下之后
那只只新鸟
在阳光下，在雪地上翻飞

你也飞出去吧
心儿生出的两只翅膀
撒一路吱吱吱的美妙声

（写于2001年1月）

雪梦

深夜，北风嘚嘚的马蹄
踏出雪崩
一片虚幻的山

腐朽的树
撕裂了白色的油画
随着雪崩跌入万丈深渊

鞭声更急，马蹄更碎
冲过黑暗，去到
黎明的大草原

（写于2001年1月）

雪树

面对恶化的生态
我特别敬重植树人
自然的清新由心而生

但我更渴望一种更神奇的树
在云天里，在严寒时刻
种遍祖国的大江南北

引来云天的雪树苗吧
万里花开，河山洁白
人生之旅的风景哟

（写于2001年1月）

老农唠叨
LAO NONG
LAO DAO

早春之雨

春雨酥润
泥土睁开了眼睛
我紧盯着草芽走
生怕绊伤稚嫩的心

有意不打伞
像泥土一样接受春雨的温存
轻轻地走向河堤
轻轻地绕着柳林

仿佛，春雨化我为一堆泥
头发似草芽噬噬生长
给河堤一株新绿
给春天一抹清新

春姑

抿着嘴
从山那边走来
一朵桃花
刚染熟女性
那红
从春心泛上脸蛋
为了一个美的完整
春风柔如丝
春雨轻如雨

蓓蕾

情不轻发
紧紧地蕴含在心里
酝酿、裂变、膨胀
终于抑制不住——
无声而热烈地爆炸
鲜美和馨香在阳光里波动

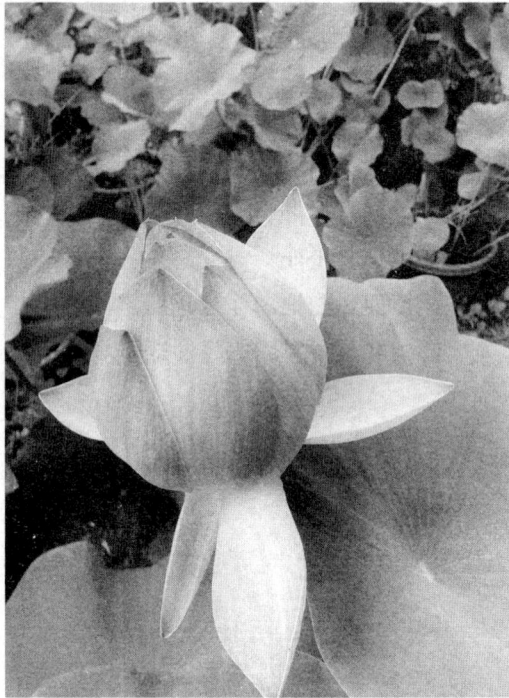

开始爆炸的蓓蕾

李白，高山流水处

云怕把心放在那里
太阳也怕把心放在那里
只有李白飘然地把心放在那里

一道瀑布
抖擞清风
昭昭亮丽

李白的心从那里落下
穿过1000多年历史的胸腔
直泻入时间的谷底

（写于2000年5月）

听母亲说电话

八百里大巴山
母亲在那头，我在这头
春天里讲述着冬天里的故事

母亲说：
去年冬雪大，压断了电线杆子
电灯一直熄灭着

母亲说：
去年雪下多了，今春一直未雨
秧栽不上，吃水也难

母亲说……
我知道母亲只是说说
不是要我回家做点什么

在那个孤独的小村子里
母亲仍在讲述——孤独地讲述
我一边听母亲说话一边望着窗外
模糊的眼睛里仿佛下起了春雨

（写于2001年1月）

老农唠叨
LAO NONG
LAO DAO

母爱无边

老母亲

踩着朝阳是那种表情
踩着夕阳也是那种表情
一种近乎木讷的表情

在白天是那种脚步
在夜晚仍是那种脚步
一种沉缓得近乎凝滞的脚步

翻过身去是一床梦
翻过身来也是一床梦
一床被苦字缀满的梦

（写于2001年1月）

LAO NONG
LAO DAO
老农唠叨

三月

昨日炸响了第一声春雷
今天鸟儿啼得愈烈
三月的呼吸骤然加快

我却静下来
避开眼前的缤纷
寻觅四月山寺里那株桃

在深秋的背后

在深秋的背后
我走着
去到深秋的远方

没有秋风
没有秋月
甚至没有一点萤火

但这条路很宽很广
像月球没有磁场
我可以随意飞翔

清冷的旅行
寂寥的自由
幽暗里生出一朵小小白花
吻住我的心灵

老农唠叨
LAO NONG
LAO DAO

在秋的远方打望

站在秋天的边缘
望淡淡的云
望静静的湖

空寂无边
湖边有条小路
能否通往另一片风景

静谧宝石湖

刘毅 / 摄

秋风马

驮着你霜露湿透的心灵
消逝在原野

我看着你的去向
黄叶纷纷

打马回鞭呀
我心是一树绿叶

幽谷擂鼓

清风阵阵，阵阵清风
悠扬的也急促
急促的更急促

气压抑着力
声音压抑着声音
激荡幽谷鼓涌幽谷

擂鼓人未擂出幽谷
擂鼓人终于倒在幽谷
掩埋擂鼓人的是那急促的鼓点

（写于2000年5月）

老农唠叨
LAO NONG
LAO DAO

古老的小桥

父亲的坟墓

73个岁月的黄昏
堆积在那里
后面是高高的山冈

坟前只有秋风没有落叶
难道落叶被英气扫走了吗
那株白树愈益苍劲

生不信鬼死不信邪
送纸钱不如植树种草
灵魂才真正回归了自然

（写于1999年8月）

LAO NONG
LAO DAO
老农唠叨

母亲流泪了

秋风吹着
黄叶飘着
树的命运可想而知
冬天已准备好了雪

母亲流泪了

秋雨绵绵
绕着那些不幸的人们
淡淡的阳光想去拯救
但透不过那绵绵的雾
看了枯叶的眼睛
就别看秋天的结局

母亲流泪了

母亲对善良的怜悯
像哀伤的夜晚的月亮
太阳似的怒目金刚

只能是他的儿子

母亲流泪了

（写于2000年11月）

老农唠叨
LAO NONG
LAO DAO

深秋，摇醒大山

天阴阴的
云沉沉的
摇醒你，摇醒你

霜染红的树叶纷纷下
黛色的月亮开了花
上山的游人不想回家

摇醒你摇醒你
尤其是那些自由鸣唱的鸟儿
早些醒来呀

（写于2001年8月）

巴山月

清辉脉脉
巴山上的慈母都是你的女儿

慈母们默默哺乳
是为了巴山长得壮实
累了，望望巴山月

陡峭的山岩可攀上去
险峻的山峰能翻过去
仔细看，印有慈母们的脚印

慈母们仰望天空那群雄鹰
突然惊呼，那一只是我的儿子
儿呀，把这个玉米棒子衔去吧

（写于2001年8月）

老农唠叨
LAO NONG
LAO DAO

巴山云

有时，像巴山的倒影
群峰拥挤，嵯峨
一道闪电，一声惊雷
山雨欲来，黑云压城

有时，像巴山的春意
经春风的吹拂
浅浅，均匀，直铺到天边
巴山人惊呼，那不是大草原

有时，像撷集的巴山的野花
繁衍出两个花哨的名字
朝霞，晚霞

有时，一朵，一团，一抹
像巴山上的一只玉兔
一只黑白花奶牛，一块金黄的玉米林
那一朵
恰如刚攀上山顶的背二哥

（写于2001年8月）

搂紧巴山

搂紧巴山
不论外面的世界多么精彩
不论外面发生什么事
甚至炸响惊天动地的雷

搂紧慈母慈父
搂紧某个信念
搂紧一种忠诚
远去的流水和巴山你选择谁
肯定选择巴山

搂紧巴山
生一起生
死一起死
要裂变一起裂变
要远行一起远行
要飞升一起飞升

老农唠叨

肌肉与肌肉
血管与血管
细胞与细胞

灵肉与灵肉

紧紧粘连在一起

（写于2001年8月）

巴山枫叶

呀，巴山枫叶
温手的热
血染的旗子猎猎

嗅了瞧
瞧了嗅
风霜雨雪历史烟尘真浓烈

那么多锯齿和尖角
削去一个世界的不平

（写于2001年8月）

巴山两峰巅

她在这山巅
你在那山巅

只能对话
不能握手

头上天蓝阳光花
突然雨后彩虹桥

一千年的太虚幻景
脚下沟壑何其深

（写于2001年8月）

山民的心肠

山路弯弯
山上的竹子弯弯
挂在山巅的月亮也弯弯
最直的是山民的心肠

山上的风最冷
山上的雪最凉
山上的石头最坚硬
只有山民的心肠最温热

山上的关隘难过
山上的日子难过
山里的河流难过
只有山民心里那条河流最好过

（写于1999年）

老农唠叨
LAO NONG
LAO DAO

有一只鸟儿

向深秋飞去
翅膀愈益沉重
身心风凉露冷
前方山高岭危

一颗自由的心
飞翔　飞翔
穿过纷纷落雪
山外有片春

白马

乡间小道有头驮砖的白马
王者高大的美丽
和小黑马们一起承受民间疾苦

白马似乎从《三国演义》走来
刘备英雄，刘禅孱弱
白马从九天之上跌落九天之下

我凝望白马时红日正好西沉
黑夜将要兴奋
晚风的变奏昭示着什么

枫叶飘着

在风中，我们飞翔打旋
忽东忽西忽上忽下
相碰了，又相碰了——
不经意地

枫叶突然离去
向着彩虹出没的地方
趔趔趄趄，起起落落
似乎天空也有弯弯曲曲的小路

宝石湖轻轻睡着

刘毅 / 摄

古井

看下去
幽幽的绿

忽然，粼波柔动
一尾鱼儿惊跃

古井的四季应是一个样
怎会有第五个季节

那里面不应有鱼儿
难道古井要变成一条河

鱼儿痴想悠游到远方
可却很快死了

将它葬到深深的水底吧
让古井作为墓碑

沉重的毕业证

终于熬过了四个寒暑
那个学子拿到褐红色的毕业证了
七月的校园是火的热烈
那个学子的心却是雪的冰凉

这小小的毕业证多么沉重
是他父亲凝结的血汗
是他父亲生命燃烧的炭黑
是他父亲整个肉体和心灵的投影

想起那些摇动鬼影的黄昏
他父亲默默走进血站
把手伸给医生
伸进血站的深夜

就这样，殷红的鲜血
汩汩流进医生的针管
再流进那个学子的心脏
再流进学校的血管

可悲可叹

老农唠叨
LAO NONG
LAO DAO

许多人并不知道现代吸血鬼的模样
漫长的一千多个日子
不知他父亲的手有多少次从黄昏伸出

还有的同学
是亲姐妹用卖身的钱为其缴学费
这是另外一种形式的献血
且不仅仅是付出的生命

愤懑质问
这薄薄的本子为何价值达七八万之巨
明年以至将来的大学校门
是为大多数人开着吗

（写于2006年）

秋生浅草

嫩嫩的柔柔的美
牛和羊在品尝
嫉妒了朝霞和晚霞

死在憨厚的怀抱是一种幸福
待来春灵魂再生
又一株清新

休待冰雪赶来
那是形象的高贵
骨子里含着贪婪的寒刀

（写于2006年4月）

晚秋的心雨

晚秋的心雨

像露，附在一根枯草上

后来跟着阳光飞走了

枯草闪着忧郁的光

渴望霜和雪

变成一支冰凌

晚秋的心雨

既无潇洒的脚步

也卷不起一阵西风

鸟语

一棵树经不起换季的污染和折腾
蔫萎得枯脆
我的脚趾怕踩上枝头

我曾经筑过巢的树
曾经为我挡风遮雨的树
曾经给我乳汁的树

绿叶的灿烂属于梦
只怕剧烈的西风到时
我与树都无家可归

秋愁

萧瑟秋天，乌鸦叫了
在金色的晚霞熄灭的时候
我的眼睛霎时盘旋飞升

秋气将我的黑发染成金色
乌鸦栖落在枯树的枝条上
预言我和星星将在雪里沐浴

秋风啊，把我情感的枯叶卷到
密密叠叠的绿叶丛中去吧
在春风里沙沙地响

秋风和树

秋风没有来
落叶已下长安
是谁敲响了树的丧钟

蜷缩的影子
苍白的阳光
失血的面孔

秋风排着烈烈的马队来了
看到泥土捧着枯草悼念
遗憾得狠狠抽鞭子

LAO NONG
LAO DAO
老农唠叨

秋虫

秋风呼啸中
树掉了魂儿，落了叶儿
树在寒战，树在磕牙

躲在湿霉的台阶
高唱灰暗的歌
寒风嗖嗖
黄叶纷飞
这是你等唱的音韵

多美的树
被撕去了绿色的衣裳
多美的草
枯黄得在霜中颤泣
那排厂房失去了浓荫的遮护
在凸现的阴森的氛围中
向秋虫瞪着愤怒的眼睛

晚秋的山村和母亲

母亲老了
山村也老了

北风吹着
树上的枯叶在掉着
母亲的泪水也在掉

晚秋那张脸
真像母亲那张脸放大的
晚秋的身影
真像母亲的身影

那条小河
像母亲的乳房干枯了
那棵风景树的枝
像母亲的手臂，萎缩了
呃，春天的绿叶，群鸟
和满目鲜亮灵动
都化作了什么

老农
唠叨
LAO NONG
LAO DAO

谁知道
山村是自然换季的色彩
母亲却是晚秋换季的一片枯叶呀

乡风长调

老 / 农 / 唠 / 叨

记一位老农（长诗）

（一）

一只狗，两头猪
三只羊，十只鸡
五只鸭子塘里游
一桶蜜蜂自来栖

扁担、千担、连枷
筲箕、簸箕、撮箕
锄头镰刀尚在用
磨子换成粉碎机

错落三合院
前有松林护，后有茂竹蔽
小农一家千百年
祖祖辈辈生生不息

（二）

日出而作，日入而息
风里来，雨里去
你撑起一片天
蓝天说：谢谢你，农民兄弟

儿女进城打工
你守在这里维持着土地的呼吸
挡住荒芜前来占据
土地说：谢谢你，农民兄弟

没有你，这片天将沉寂
没有你，这里的炊烟将窒息
没有你，便少了一份生活的希冀
诗人说：愿你的生命在这里无限延续

（三）

身材矮小却很有力气
说话粗俗却有善良的心地
脸被阳光渍得黝黑
一声吆喝可将一座山扛起

顶着农村天空脊梁有数亿
你在老一代队列里站立
一生在泥土里来来去去

老农唠叨
LAO NONG
LAO DAO

如绕着地球走绝对有万万千米

许多劳动虽是简单重复
但这简单的重复是祖传的工序
只有农民和大自然结合最为亲密
每一粒粮食都饱含着汗滴

（四）

你从"三座大山"那边翻过来
斗大的字不认识几箩
只熟悉拨弄小算盘
不像年轻的陈黑娃使用计算器

你将不足一亩的田
放在小算盘上拨来拨去
一年算到头
算不出一点惊喜

有时候忘记了加涝
有时候忽略了乘旱
没有预料的歉收更使人伤气
有时见你望着落日一声叹息

（五）

你只知道田是一个平面

不像陈黑娃把田翻成魔方
你固守着千百年来传统的耕作技术
不知道现代技术里蕴藏着无穷奥秘

日出日落是一道无形的圈子
你被束缚在里面
永远重复着简单劳动
播种、除草、施肥、耕地

陈黑娃的土里开出了嫁接的大片桃花
你的土里依然是几株老梨
陈黑娃将运输工具换为汽车
你却还把箩筐担起

（六）

在泡酒的玻璃缸里
有枸杞、红枣、杜仲、狗脊
每一顿必喝一杯
你说：一杯酒可以化一滴血液

酒将寒霜浸入肌骨的风湿赶走
酒将劳动带来的苦累和疲劳逐去
酒是精神酒是魄
酒浓缩着你生命的意义

你乘着酒兴走进风里
你带着酒意走进雨里
酒由粮食酿造而来

你又将含有酒的汗浸进一片粮地

（七）

在风里戴着斗笠
在雨里批着蓑衣
头上闪电霹雳
吆喝黄牛，扶着犁

闪电撕裂大地
你若无其事，扬鞭徐徐
好像是大地的精灵
好像在驱使春雷春雨

今日犁田蓄水
明朝耙田栽秧
生命自然地律动着
金秋不一定出现在你的梦里

（八）

你是善良的
不愿踩死一只蚂蚁
生产出的粮食生态纯粹
因为庄稼的根须扎入你的心底

不知道用激素催长
即使知道也会鄙弃
有人用国家禁止的剧毒农药杀虫
你在背后狠狠骂

论产量你必然沦为末尾
讲吃了放心你不愧第一
可是城里的消费者并不知道
因为隔有一座大山的距离

（九）

用小算盘精打细算
绝不让生活浪费一点一滴
计人情往来，油盐柴米
算收入支出，买卖生意

勤俭持家乃祖传家风
何况饥饿岁月曾吃过"观音米"
有了新衣不把旧衣当垃圾
洗得干干净净折叠放箱底

不抛撒一粒粮
常用这句话教育子女
眼见铺张奢华人情风
你急得一脸怒气

（十）

疲惫了坐在山下
像一尊石头兀立
铁骨铮铮含正义
心肠是一根竹竿到底

真实泥土的化身
平素少言寡语
说话直来直去
得不得罪人毫不顾忌

无论是谁损公肥私
你会当面呵斥不讲情义
曾经受到报复打击
但依然容不得半点沙子掉进眼里

（十一）

居室在树林里
其实你是别样形式的一棵树
房前屋后没有植一株花
你和这片林子共命运同呼吸

树枝压着房顶不去砍掉
绿草长到台阶也懒得打理
除了吃饭睡觉就是到地里劳动
从未将生活美放在小算盘上算计

自然而生自然而死
极端本真的天人合一
完全的主体顺从客体
与文化的自觉不可同日而语

（十二）

大灾害那几年
有的人因饥荒而死去
你挖掘求生的智慧
使一家八口渡过危机

在山坡撑起小石板诱压老鼠
在院坝边用鸟枪打麻雀
这些东西当时可称美味珍奇
许多人却没有这份想象力

撤销集体伙食团
你说有钱难买独家村
在山上修房造物，破土奠基
从此的日子，一天天增添生机

（十三）

常唠叨有钱修屋无钱栽树
一座新修的小小三合院

一半是省下的油腥
一半是血汗的凝聚

房屋不仅挡风遮雨
也是一生追求的丰碑
几乎占据梦幻的全部空间
有了它，在村人面前说话才硬气

家庭是幸福的
育有两男两女
但儿女读不读书无所谓
因为建新房才是你神圣的希冀

（十四）

前些年
村里最后一家买了电视机
是儿女们闹着要
你说有什么看头，影子晃来晃去

后来却爱看央视新闻
每晚必看预报天气
风调雨顺关乎庄稼收成
最怕天大旱或洪灾来袭

对国家惩治腐败最解气
看到一批特大硕鼠被审判
你说这些家伙要是在我面前
几锄头就把它们打倒在地

（十五）

你的生命像西下的落日
缓缓向山下走去
但你依然在耕耕播播
把锄头镰刀攥在手里不舍弃

但身体愈来愈衰弱
坡下的稻田已转让出去
附近的油菜玉米地
将陪你走完最后的人生履历

易改的是江山
难改的是脾气
你代表着一群人
你是一段历史的印记

制作砖的工具图片。执具者为西河上游社区12组老农廖高明

符维 / 摄

桃妹与黑娃的爱情（长诗歌谣体）

（一）

桃花开，李花开
遮住桃妹情窦开
今晨遇到山上娃
昨夜春雨扣窗来

一个桃花脸，一个黝黑面
四眸相对波澜荡胸怀
蓦然相视送抿笑
欲说话语口难开

风满车，云满载
装的春天装的爱
等到桃李果实熟
丰收恋情何须待

老农唠叨
LAO NONG
LAO DAO

（二）

蝴蝶飞，花凋零
落到土里生爱情
桃妹芳年二十一
心比熟桃还红润

山上黑娃大一岁
门前亦有桃花林
想到初见分别那一瞬
桃妹脸上现红晕

黑娃健壮如牛犊
好身体必有好收成
桃妹有情把心上红桃给黑娃
就看他黑娃有意品不品

（三）

桃花鲜，桃花艳
桃花林中隐情恋
桃妹天生樱桃嘴
蛾眉杏眼桃花面

黑娃悄入桃花林
桃花染红黝黑脸
桃妹桃唇吻黑娃

霎时桃花落一片

桃花一山
情花一山
人依桃树花依人
人花难舍久缠绵

（四）

星星亮，月亮明
今夜桃妹心不宁
陈家姑娘追黑娃
像那山上树缠藤

只怕黑娃变色龙
见了小妖便断魂
明日上山问情由
要他当面表决心

清露滴屋响
天河幽幽明
睡不着的桃妹
感到姻缘没定根

老农唠叨
LAO NONG
LAO DAO

（五）

斑鸠叫，麻雀闹

桃妹上山脸无笑

劈头一句问黑娃

是不是被那小妖迷了窍

黑娃一个呵呵笑

只有一次相见在驿马桥

后来再没见人影

偶尔只用微信聊

放心吧，尽管她的模样比你俏

我全身心早已被你紧紧拴牢

桃妹脸上阴转晴

一把拧住黑娃的腰

（六）

春分过，阳气升

桃枝嫁接忙不停

请来黑娃当帮手

一接一嫁真精神

嫁接可连千里缘

嫁接可传万里情

杂交可生日和月

背后基因真奇神

云来缠，雨来润

老桃概已怀新孕

待得明朝春风来

新叶新花照新人

（七）

山上桃，山下桃
山下桃子成熟早
桃妹摘一篮送上山
黑娃见了咧嘴笑

桃子硕大香又甜
渗进爱情甜迷窍
二人同把鲜桃尝
树上喜鹊喳喳叫

风一程，云一程
黑娃送桃妹过山腰
如胶似漆不忍离
落日盯着眯眯笑

（八）

红五月，品鲜桃
爱情喷香随风飘
桃妹黑娃结良缘
坝坝宴摆在桃花坳

陪嫁万万金

老农唠叨

小车替花轿
桃妹像孔雀开了屏
黑娃嘴角露憨笑

红花郎酒八大碗
盛情美意配佳肴
醉了风，醉了云
醉了门前树树桃

龙泉山桃花

向安顺 ／ 摄

224

后记

写乡村诗的一点感想

　　我写过大量口语式乡村新诗。艺术上自我忖度，这些乡村诗的质量高于自己写的其他诗。在出版《百合花火焰》时，有意将这类诗放置在开篇部分。之前曾部分散发到报刊，受到一些诗友评论，赞许是一个突破。可有的读者却认为《百合花火焰》里的作品后面比前面好，言前面的作品比较散。

　　我估摸言"散"，是因为这些诗不押韵，且为"白话"，使用了乡村日常生活语言。

　　也许，用习惯性目光审视这些诗，的确与定位了的审美思维不合。然而，自己对这类诗却偏爱，至少有一种独特的语调。这种"口语式"的语调并非装腔作势，而是与真实生活内容的契合。乡村诗歌，太"文"太"雅"或许与其质朴、粗犷、活跃、通俗、浅显明白的文化生活情景格格不入，而采用白描手法和借用老农的口吻，或许正好契合这样的情景。

　　这种语调自然不流行，不时髦，不合众，但窃以为这样的诗方走进了生活的里层，是现实的，也是真实的，将来看还有历史感。而读当代的新诗，总有千人一面、千部一腔的感觉，"泛生活化"（停留在表面）现象很普遍，没有进入生活的里层。这样诗歌，大多无真情实感，当然就没有现实感与历史感了。

　　笔者的乡村诗往往选取特定的场景，相当一部分是用老农平常生活对话、聊天的口语，有时甚至将民谣、俗话也引用其中。这样的诗呈现的画面，是对乡村社会生活图景的再现。是的，多数句尾没有押韵，但内在有情绪韵。其整个诗的氛围体现的是一种情调。那种比较平静的娓娓道来的新诗，关键是欣赏它的情调。

　　独特的语调需要量的积累，一首两首难以看到独特的语调，必须有一个系列。同时，诗人的视角不宜东张西望，看见什么就写什么，或跟风赶浪，见别人写什么自己就写什么。诗人需有自己情感的倾注领地，深深发掘，让这口井汩汩冒出甘泉来。我想，中国现代著名诗人苏金伞、二十世纪初俄罗斯著名诗人叶赛宁正是这样倾注乡村这片令人梦绕魂牵的土地的。

　　独特的语调并非空穴来风。曹丕说："文以气为主。"诗人的情绪用自己特有的口吻宣泄出来，即为语调。情绪何来？乃诗人对社会、人生的感慨。一般而言，语调有低音、中音、高音，其间又包含独具特色的"音质"。如沉郁、清亮、尖细、含蓄、委婉等。诗人写诗用什么语调？这由自己的思想感情决定，或激昂、慷慨；或低吟、轻唱；或悠扬、清跃。

　　从独特的语调里，我们或许可以见到诗人的风格、风神、风骨。

　　笔者的乡村口语诗是一种探索，至于成功与否，还是交给读者评判吧。

（2016年8月于成都市龙泉驿扶梅斋）